Lisha erzählt

Band 1

Kunterbunte Schmunzel-Geschichten
von und mit Lisha

LISHA

Bibliografische Information der Deutschen Nationalbibliothek:
Die Deutsche Nationalbibliothek verzeichnet diese Publikation
in der Deutschen Nationalbibliografie; detaillierte bibliografische Daten sind im Internet über http://dnb.dnb.de abrufbar.

ISBN 978-3-7460-3432-4

Liebe Fans aus dem In- und Ausland.
Lisha ist eine süsse, kleine Bolonka-Zwetna Dame. Geboren
wurde sie in Stetten, in der Liebhaberzucht von Chantal Bau-
mann (www.bolonka-vom-reiat.ch). Und zwar am
17. Dezember 2015.
Als 12-wöchiges Welpli ist Lisha bei Mamsell eingezogen.
Beide haben sich zu diesem Zeitpunkt schon gut gekannt, weil
Mamsell jede Woche mindestens ein Mal in Lisha's Welpen-Stube
vorbeigeschaut hatte.

Lisha hat das Wort.
Meine kurzweiligen Geschichten sind inzwischen sehr begehrt.
Manche sagen sogar, meine Kolumne sei voll der Kult.
Darum habe ich für alle, die keinen Facebook-Account haben
oder meine Erzählungen ohne Computer-Strahlungen lesen
möchten, meine vielen Abenteuer in dieses Taschenbuch
gebeamt.
Bitte nicht enttäuscht sein, dass nur wenige Bilder zu finden
sind. Und dass sie in schwarz/weiss daher kommen. Farbige
Bilder hätten den Buchpreis unnötig in die Höhe getrieben.

Vielleicht habt ihr ja in eurem Bekanntenkreis jemanden, dem
ihr das Büchlein schenken wollt. Ein bezahlbares Mitbringsel für
alle Tierfreunde, die gerne lachen.

UND - ganz wichtig - auf Seite 13 habe ich einen Aufruf rein
geschmuggelt. Und mein Aufruf funktionniert NUR, wenn ihr
meine Bitte auch weiterverbereitet.
Aber pssssscht . . . Mamsell weiss nix davon . . . ist geheim!

Viel Spass beim Lesen wünscht euch Lisha

Inhaltsverzeichnis

Inhaltsverzeichnis

Inhaltsverzeichnis

Möchtest du ein offizieller Lisha-Fan werden? Dann gehe einfach auf meine Homepage: www.lishablog.ch
Von dort aus kannst du direkt auf meine Facebook-Seite, um mich zu liken. - Ich freu mich auf dich!
Nicht nur die Geschichten, auch die Fotos, sowie die Kommentare der Facebook-Fans, sind oft sehr lustig.

In meinem Blog UND auf Facebook erscheint jeden Tag eine neue Geschichte. Die dann irgendwann wieder in einem nächsten Band zu lesen sein wird.

Lisha's (Wasch)Tage

Bin sehr beschäftigt momentan.

Denn ich hab' meine (Wasch)TAGE und das gibt zu tun.

Fast 24 Stunden bin ich am putzen. Bin halt ein sehr reinliches Fräulein.

Mamsell merkt es jedes Mal, wenn's wieder soweit ist.
Denn schon Tage zuvor hab ich ein ungewöhnliches Hungergefühl.

Bei anderen Venus-Hunden ist es genau umgekehrt, sagt Herr Google.

Ich fress und putz mich also durch die läufige Zeit und Mamsell ist glücklich, weil ich endlich wieder an Gewicht zulege.

Aus sicherheitstechnischen Gründen muss ich dann für eine gewisse Zeit an der Leine bleiben. Aber ist mir in dieser Phase schnurzegal, da ich NULL ,Pfupf' habe.

Bin zu müde zum rumflitzen . . . die Putzerei und Völlerei schlaucht mich heftigst.

Seufz, ich bin wirklich ein wenig deprimistisch reduziert. - All diese Hormone sabotieren meine gute Laune. - Mein Turbo-Motor geht auf Sparflamme.

Wie ist das wohl bei den zweibeinigen Weibchen?
Hab' gehört, dass diese Venus-Frauen sich durch den Gutzi-
Schrank fressen, wenn SIE ihre läufigen Tage haben.

Eure Ohren-abhängende, Trübsal-verblasene,
Östrogen-überladene
Lisha

Lisha's Waschtage . . .

HOT - HOT - HOT

Mamsel findet es doof, weil ich unter JEDEM Gartenzaun durch komme, wenn ich 'ne Katze seh.

ICH hingegen finde folgendes doof:
Da hab ich endlich meine (Putz)TAGE durch und komm in die heisse Phase. - Ich denke: ‚Super! Jetzt rocken wir die Hunde-Singel-Börse.'

Und siehe da!
Da kommt uns beim Spaziergang tatsächlich ein leckerer bolonkischer Brad Pitt entgegen. - ICH gaaanz HOT.

Und was tut Mamsell? - Die hebt mich hoch!!!!

What? Geht's noch?!?

Da läuft er von dannen, der süsse Brad . . .

Was würde Mamsell sagen, wenn SIE vom zweibeinigen Brad Pitt angeflirtet würde. Und ICH sie einfach von der Bettkannte stossen würd. Damit jaaaaa nix passiert????

Schon irgendwie doof, dass wir in diesen Belangen nicht auf derselben Mikro-Welle sind.

Euer HOT-Girl
Lisha

Hallo leckeres Kerlchen

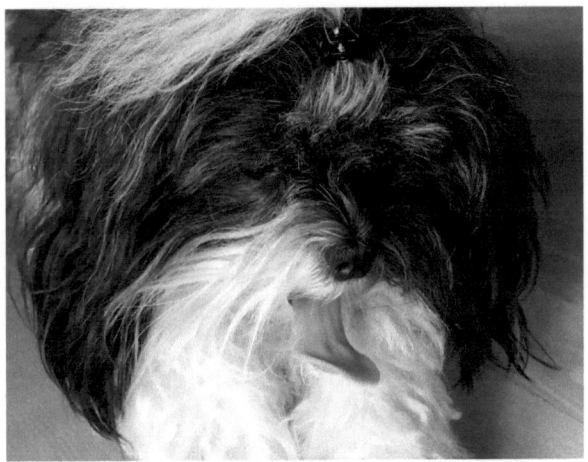

Lass und in die Büsche gehen

P.S. Achtung GEHEIM

Bitte diese Information UNBEDINGT an alle euch bekannten Rüden oder ihre Frauchen/Herrchen weiter berichten, faxen, morsen, whatsappen, in Facebook teilen oder was ihr Zweibeiner so alles machen könnt . . . damit ALLE . . . wirklich alle Rüden wissen, wo sie mich finden können . . .

aber pssssscht . . . jaaaaaa nicht meiner Mamsell verraten . . . Die weiss nix von meinem Aufruf hier.

Mir ist ganz schwindelig

Ich chille auf dem Wohnzimmer-Boden.

Die Sonne scheint durch's Dachfenster und ich geniesse die Wärme auf meinem Pelz.

Leider wandert die Sonne alle paar Minuten von mir weg. So dass ich ihr folgen muss. Damit ich die Wärme optimal fühlen kann.

Plötzlich ist die Sonne ganz weg und ich bin frustriert.

Frag ich die Mamsell:
„Warum geht die Sonne immer weg, wenn ich mich zu ihr auf den Boden lege. Ist die böse auf mich. Oder hat sie gar Schiss vor mir?"

Bei dieser Erd-Rotation kommt meine Frisur ins Schleudern

Sie will mich beruhigen:
„Nein. Weder noch. Du kannst nix dafür. Das ist die Erd-Rotation."

Ich guck Mamsell mit grossen, fragenden Augen an.

Die versucht es besser zu erklären: „Die Sonne läuft nicht weg, sondern die Erde dreht sich, und weil du auf der Erde liegst, drehst DU dich quasi von der Sonne weg."

What??? Die Erde dreht sich???
Dann leg ich mich doch lieber wieder auf's Sofa, sonst wird's mir am Ende noch ganz schwummerig . . .

Eure völlig zerzauste
Lisha

Mamsells Enkelkinder

Unsere Besuche bei Mamsell's Enkelkinder sind immer sehr spannend und anstrengend zugleich. Ich bin danach jedes Mal voll platt.

Dort muss ich nämlich immer gucken, dass der 2-Jährige beim Rudel bleibt.

Das Welpen-Kind hingegen kann noch nicht laufen, das ist immer an der Mutter aufgehängt.

Die Zweibeiner sind nämlich Langsam-Wachser. Und müssen monatelang herumgetragen werden.
Das geht sooooo lange, bis die auf zwei Beinen stehen können. In dieser Zeit ist unsereiner bereits VOLL in der Pubertät.

Jesses . . . Das gibt dann noch einiges zu tun, wenn das Menschen-Welpli dann auch herum läuft.

Ich mach sicherheitshalber vorher noch einen Schaf-Herden-Bewachungs-Zertifikations-Kurs bei einem Bordercollie.
Damit die Enkel-Kinder dann nicht gemeinsam aus dem Ruder . . . ehm . . . Rudel . . . laufen.

Eure verantwortungsvolle
Lisha

Mamsell in Aktion

Letztens hat der 2-jährige Enkel sie zu Höchstleistungen angetrieben.

Der Kleine schafft es sogar, dass Mamsell sich auf Kletterburgen für Kleinkinder durch enge Plastik-Rohre zwängt, sich mit höhen-verängstigten Augen an Seilen hoch zieht. Um danach die Rutschbahn mit ihren Lieblings-Jeans sauber zu fegen.

Sie tut alles auf Kommando des am Boden stehenden Miniatur-Napoleons.

Mamsell turnt zwar nicht mehr so taufrisch, wie vor 50 Jahren.

Aber dann wär's auch nicht so amüsierlich.

Ich find den Kleinen voll scharf. Von DEM kann ich noch einiges lernen.

Eure Enkel-bewundernde
Lisha

Mamsell schimpft

Ich fahr ja recht gerne Auto.

Aber es gibt Tage, da frage ich mich, wieso die Mamsell im
Auto manchmal so ein Palaver veranstaltet.
Und . . . ich versteh absolut ganz und überhaupt nicht, wieso
sie sich dann so aufregt und wild herum motzt.

Es könnte natürlich sein . . .
dass die will . . . hmmm . . . dass das Auto schneller fährt?

Denn sie schimpft:
„Mach nicht so langsam! Hopp, fahr schon! Hier ist Autobahn,
da fahren wir nicht 50 und schon gar nicht auf der linken Spur!
Hallo!!???!! Fahr - fahr - faaahr endlich, du Schlaftablette du!"

Aber unser Auto kapiert nicht wenn sie das sagt.

Das kann doch NUR Japanisch.

Konnitschiwa

Eure Mitfahrerin

Lisha

Exklusive Schlafrechte

Wir wohnen ja im Dach oben.

Turmfalken, Siebenschläfer, Kleinvögel und Hornissen sind
unsere direkten Nachbarn. Ja jaaaa . . . hin und wieder besucht
uns sogar eine Hornisse, indem sie sich durch die Holzritzen
des Dachgiebels ins Wohnzimmer fallen lässt. Mamsell ist da
völlig entspannt.
Sie redet mit dem Hornissen-Besucher und öffnet ihm nach
dem Gespräch zuvorkommend das Fenster, damit der den
Ausgang nicht suchen muss.

Ja ja, so ist sie, meine Mamsell. Bei ihr wird jedes Tier respekt-
voll behandelt.

Und ich bin im Fall auch gaaaar nicht eifersüchtig auf die
Hornissen.

Weil Mamsell keine dieser Dachstock-Mitbewohner abends mit
in ihr Bett nehmen würd.

Denn ICH verfüge über die ‚Mitschlaf-Exklusiv-Rechte'.

Habt einen hitzigen Tag mit kühlenden Elementen

Eure Lisha

Tomaten im Garten

Neben unserer privaten Spielwiese hat's einen Gemüsegarten.

Dort vergräbt meine Bolli-Freundin Leika ständig unsere Spiel-sachen und Kau-Knochen.

Im nächsten Jahr müssen die Zweibeiner kein Gemüse mehr pflanzen, denn DANN wachsen Leikas Vergrabungen.
ja jaaaa . . . ist so!

Momentan gedeihen dort Salate, Karotten, Beeren, Kartoffeln und auch Tomaten . . . die übrigens zu den Nackt-Schattenge-wächsen gehören.

Mamsell sagt, dass die angeblich nachts wachsen.

Vermutlich tun sie das nachts, damit sie keiner sieht, wenn sie so nackig im Garten herum stehen.

Lisha,
die Tomaten-Versteherin

Mein Geheimnis

Ich muss euch ein Geheimnis verraten.

Aber ihr dürft es wirklich keinem weiter erzählen. Das bleibt unter uns!
Ich will das nicht an die grosse Glocke hängen.
Mein höchst delikatöses Geheimnis.

Liebe Leute: setzt euch erst mal hin, sonst kippt ihr aus den Latschen.

Ich bin schwanger!

Ehrlich . . . bin ich!

Echt jetz' . . .

Mamsell will mir das partout nicht glauben. Die lacht mich nur aus und labert was von ‚schein' und von so einem P-Hormon, das mir diese Schwangerschafts-Gefühle nur vorgaukeln würd.

Die hat KEINEN Schimmer.

Ich trag MINDESTENS 10 Embryos in mir rum . . . sooo lustlos bin ich auf's Spazierengehen, die Gerüche der Gräser haben sich verändert, ich bin dauermüde, antriebslos, deprimasochistisch und mag noch weniger wie sonst fressen.

Leute! Das ist ECHT! Ich spiel das nicht!
Mamsell hört mir nicht zu . . . das einzigste, was sie sagt:
„Du bist ja soooooo ein armes Huscheli".

Das weiss ich selber!

Aber zehn sind es MINDESTENS! Bei so vielen P-Hormonen.

Ich weiss es . . . ihr werdet es dann schon sehen.

So, und jetzt bin ich wieder müde . . . von dieser Schreiberei
hier.

Eure Lisha

Es sind mindestens 10 . . .

Wo ist der Tiger

Da fahren wir wieder mal an eine Tankstelle. Damit Mamsell unser Auto mit Treibstoff auffüllen kann.

Aber seit diesem Tank-Auffüllen haben wir einen blinden Passagier an Bord.

Ich hör deutlich, dass da was ist. Uiuiuiiii . . . Sicher ein Tiger. Denn in der Werbung heisst es doch:
‚Tu den Tiger in den Tank,' - Und JETZT ist wirklich einer drin!

Wenn der dann nur nicht auch noch meine Transportbox besetzt.

Hätten wir doch lieber nur Wasser getankt. Es hat ja momentan genug davon. Und ich finde, es muss nicht immer Benzin sein. Das ist sowieso ungesund.

Dass da was nicht stimmt, hat Mamsell jetzt auch gemerkt. Sie steigt aus dem Auto, um den Tiger zu suchen.

Kaum ist sie wieder zurück im Auto, murmelt sie: „Hab den Tankdeckel nicht zugedreht."

Phuuuu . . . Glück gehabt. KEIN Tiger! Vermutlich war ihm unser Auto zu klein, und darum steigt er erst beim nächsten grösseren Gefährt in den Tank.

Eure Auto-Expertin Lisha

Bildrechte

Diese Paparazzi's nerven!

Da fährt die Mamsell nichtsahnend mit dem Auto durch die Strassen Richtung Stadt.
Und man sollte denken, dass diese nervigen Paparazzi's erst mit dem Fotografieren beginnen, wenn man aussteigt.

Nein!

Die blitzen dich WÄHREND der Fahrt!

Und jetzt wollen die von uns auch noch Geld für's Foto!

Obwohl wir das Bild nicht bestellt haben.

Die sollen doch den Schnappschuss an den BLICK oder die BILD-Zeitung schicken! Die zahlen sicher mehr dafür wie 40 Franken!

Pfff . . . unmöglich!

Eure empörte Lisha,
die diesen Paparazzo-Blechkasten am Strassenrand morgen bei der Polizei melden wird.

Hobby

Die Zweibeiner haben - wenn sie nicht zuviel arbeiten - manchmal auch noch etwas Zeit für Freizeitbeschäftigungen. Die nennen sie dann Hobbys.

Das können ganz normale Dinge sein, wie Angeln, Lesen, Schach oder ein Instrument spielen. Aber auch gefährliche Beschäftigungen gehören zu der Gattung ‚Hobby'.
Bungee Jumping gehört dazu.
Da springen die Zweibeiner von Brücken oder in Schluchten. Und ihre Beine sind an ein Gummiband angebunden. Das ist so was ähnliches, wie eine Flexi-Leine.
Oder ein weiteres Extrem-Hobby wär das Drachen fliegen.
Also die hocken da nicht auf lebendige Drachen. Neiiiin.
Die benutzen so komische mir unbekannte Flugobjekte, mit denen sie auf hohe Hügel oder Berge klettern um an dem Gestell hängend . . . das der Drache sein soll . . . vom Berg zu schweben.
Oder sie springen aus Flugzeugen - hängen sich aber nicht an ein Drachen-Gestell sondern an einen Regenschirm. . . Damit sie nicht so schnell auf die Erde knallen.
Jajaaa . . . Die Extrem-Hobbigen lieben die Gefahr und das Runterfallen.
Mein Hobby - wenn ich nach dem Schlafen grad mal etwas Freizeit übrig hab, ist und bleibt das Rinderhaut-Kauknochen-Spielen. Sieht aus, wie ein Instrument. Aber man darf es fressen, nachdem man damit gespielt hat.

Eure Hobby-Flötistin Lisha

Lebensgeister

Endlich wieder etwas kühler.
Da kommen meine Lebensgeister supidupi wieder aus dem Keller hervor. - Die haben sich nämlich aus dem Staub gemacht.
Vielleicht sind sie nach Grönland abgehauen, um dort abzukühlen. - Leider haben sie vergessen, mich mitzunehmen.

Jedenfalls, als die Lebensgeister vor der Mai-Hitze geflohen sind, haben die mich als fast lebloses Etwas auf der Terrasse von Mamsell zurückgelassen.
Aber JETZT geniess ich die kühlen Momente und flitz wieder wie der Speedy Gonzales durch die angenehm temperierte Welt.
Ich frag mich manchmal, wieso die zuständigen Behörden diese Temperaturen immer so rauf und runter schrauben müssen.
Die könnten sich doch auf EINE Temperatur einigen.

Vermutlich sind sich DIE in der Chefetage wieder mal nicht einig.

Mamsell sagt grad, das sei keine Behörde, sondern die Natur.
Und die wisse schon, was sie macht. - Tsssss . . . wer's glaubt

Die Natur hat mir auch die 10 Embryos nur mal so ‚zum Schein' eingepflanzt . . .
Ich bin mir darum WIRKLICH nicht sicher, ob diese Natur immer weiss, was sie tut.

Eure Flitz-Maus Lisha

Das Märchen vom Osterhasen

Bei unserem Gassigang sind wir an einer Weide vorbeigekommen. Da waren gestern noch Pferde drauf.

Aber heute sehen die Pferde völlig anders aus.
Sie haben die Fellfarbe gewechselt.

Oder sich eventuell verkleidet?

Und . . . die Ohren sind über Nacht auch gewachsen.

Ich sage zu Mamsell: „Das müssen Osterhasen-Pferde sein."

Sie lacht: „Glaubst du etwa noch an den Osterhasen?! - Nein Lisha, das sind Esel. Jetzt im Sommer dürfen sich diese Esel auf der Weide vergnügen. In der Weihnachtszeit begleiten sie dann den Nikolaus."

Ich sag nix mehr dazu. Ich denk mir meinen Teil. - Die hält mich wohl für blöd.

Mamsell will mich veräppeln!

Dieser Nikolaus, den gibts doch gaaaar nicht.

Das weiss ich.

Fliegender Schlitten und Elche . . . und jetzt sollen auch noch Esel mit von der Partie sein . . . alles Phantasie . . . Pffff . . .

Das sind Osterhasen-Pferde.

Hundert-Pro . . .

Ich hab sie nämlich gefragt.
Und eines hat mir unmissverständlich ein J . . . AAAAA ins Ohr
geschrien . . .

Eure Lisha,
mit lädiertem Trommelfell

Das arme Telefon

Telefone haben kein leichtes Leben. Kürzlich hab ich meine Mamsell im absoluten Ausnahmezustand erlebt.

Ganze drei Stunden hat sie mit dem Telefon gesprochen. Und ihm immer wieder dieselbe Geschichte erzählt.

Ich dachte: ‚spinnt die? Wieso wiederholt die sich dauernd? Ist das Telefon so schwer von Begriff?'

Mamsell wurde immer wütender auf's Telefon.

Sie hat es irgendwann auf den Tisch geworfen und gerufen: „Ich brauch einen Schnaps! Die machen mich wahnsinnig! Keine Sau weiss Bescheid!"

Sie war total ausser sich und hat immer und immer wieder auf den Telefontasten rum gedrückt.

Und immer wieder sagte das Telefon freundlich: „Drücken sie die 1, wenn sie eine technische Frage haben. WENN sie Fragen zu ihrer Telefon-Rechnung haben, drücken sie die 2 - wenn sie eine andere Fragen haben drücken sie die 3 . . ."

Kapiert IHR, warum Mamsell so böse auf's Telefon ist?

Eure ratlose
Lisha

Lisha tröstet das Telefon

Dentalhygiene

Mamsell geht heute zur Dental-Chemikerin. Das ist so eine Tante, die den Menschen die Zähne putzt.

Ich wollte gaaaanz genau wissen, was da mit der Mamsell gemacht wird.

Sie hat mich beruhigt:
„Weisst, Lisha. D.H. tut gar nicht weh. Man muss einfach für längere Zeit den Mund weit offen lassen. Damit die Dentalhygienikerin an jedem Zahn den Zahnstein entfernen kann."

Heee??? What???
Ich wusste nicht, dass Menschen Steine an den Zähnen haben. Voll krass . . .

Ich üb' jetzt grad mal ein wenig, wie lange ich meine Schnauze offen lassen könnte.

Seeeehr anstrengend, denn irgendwie beginnt es grad zu gähnen, wenn ich das Schnäuzchen aufreisse.

Jemineeee . . .

Hoffentlich ist das nicht ansteckend.
Dieses Gegähne.

Bitteeeee nicht nachmachen, liebe Fangemeinde.

Sonst fallen euch die Steine aus den Zähnen. Und dann hat diese Dental-Chemikerin doch glatt keinen Job mehr.

Ne neeee . . . DARAN mag ich nid schuld sein.

Darum

Schliesst eure Münder.
Ist für ALLE gesünder.

Eure Lisha

Die schwarz-weisse Indianerin

Vor 400 Jahren hat Amerika den Indianern gehört.

Da gab es mega viele Indianer-Stämme.

Apachen - Sioux - Cheyenne - Dakota - Comanchen - Irokesen - Mohikaner - Cherokee - Keyauwee und viele viele mehr.

Ich hab nachgeforscht, in welchen Stamm ich am besten rein passen würd.

Die Comanchen haben MARDER-Pfahle. Das find ich unsexy. So ein Pfahl sollte nur für Rüden-Bisi da stehen - aber nicht zum Anbinden. Darum kommt dieses Indianervolk für mich nicht in Frage.

Und zu den Irokesen will ich auch nicht - wegen der doofen Frisur und so.

Die Cherokee's sind Skalpierer - da kommt NOCH mehr weg, wie die Frisur.

Hmmmm . . . Tja . . . da muss ich wohl einen In-Kontinent-Wechsel machen. Es gibt da in Afrika nämlich einen Stamm, in welchen ich mich super integrieren könnt.

Optimal für meine weiblichen Bedürfnisse wären die Wa-Tussi.

Euer Afro-Indianer-Hündli Lisha

Schusslige Zweibeiner

Gestern Mittag hat mich Mamsell's Geschrei aus meinem lethargischen Schlaf rausgerissen.

Wie ein verrücktes Huhn ist sie im Wohnzimmer herum geflattert, hat gejault und gejammert.
Schlussendlich ist sie aufs Sofa gejuckt und hat fluchend in ein Kissen gebissen.

Ich sofort hellwach zu ihr hingespeedet.
Doch sie liess sich nicht beruhigen.

Inzwischen glaube ich zu ahnen, was passiert ist.

Die hat sich wieder mal ihren kleinen Zeh am Rattan-Sofa angeschlagen.

Diesmal ist es aber schlimmer wie sonst. Denn auf dem Abendspaziergang ist sie wie ein schwer behindertes Suppenhuhn neben mir über den Feldweg gehinkt.

Ob es heute schneller geht?

Wir werden's sehen.

Eure Lisha,
die Begleithündin vom blinden Huhn

Wolkenbruch

Warunung: Diese Geschichte ist nichts für anständige Menschen. - Nur die Unanständigen dürfen das lesen:

Völlig durchnässt sind wir vom Spazieren heimgekommen. Daheim meint Mamsell: „Ui, das war jetzt ein zünftiger Wolkenbruch."

Ich antworte erstaunt: „Die Wolke hat aber nicht so geschrien, wie du, als du den kleinen Zeh gebrochen hast."

Mamsell erklärt mir: „Damit meint man nicht so einen Bruch. Man sagt das, wenn das Wasser sozusagen aus der Wolke bricht."

„Aha, das heisst also: die Wolke kotzt das Wasser aus?"

Mamsell schaut mich an: „Lisha, das ist unanständig. Eine Prinzessin sagt ,übergeben' . . . nicht ,kotzen'."

„Ok, wie du meinst. Dann hat sich die Wolke also übergeben."

Sie nickt zufrieden: „Ja, so kann man es stehen lassen."

„Ne neeee . . . SO kann man das gaaar nicht stehen lassen: Die Wolke hat über meine Krone gekotzt. DAS ist unanständig!"

Lisha,
Eure Durchlaucht mit nässender Krone

Vom Verschwindibus-Zauber

Oh nein! Mamsell hat die Bürste gezückt!

Fellpflege ist angesagt . . . ähhhh . . . nö . . . nicht jetz' . . . !

Ich glaub ich geh mal schnell zum Tarn-Fell.
Noch die hellen Fransen ins Gesicht - und schon bin ich ein bisschen unsichtbarer.

Hokuspokus Fidibus . . . Bin dann mal weg

Eine halbe Stunde später: Hmmm . . . Zaubertrick fehlgeschlagen . . . Mein Fell is' wieder fluffig . . .

Muss unbedingt mit dem Copperfield telegrafieren.
Der Trick ‚funzioniert nid'.

Eure Zauberfee Lisha

Lärmbelästigung

Draussen macht ein Rotschwänzchen ein Höllen-Spektakel, als Leika und ich im Garten spielen.

Das kleine Vögeli beschimpft uns in den höchsten Tönen.
Dieser Piepmatz ist so aufgebracht über unsere Anwesenheit, dass man befürchten muss, von Ästen beworfen zu werden.

Warum diese sonst so friedliche Mitbewohnerin plötzlich von der Scheune auf uns runter motzt, ist mir ein Rätsel.

Ich guck fragend zu Mamsell und bekomme folgende Antwort:
„Die verwechselt euch wohl mit den Nachbars-Katzen."

Ich rümpfe mein Näschen:
„Waaaas??? Sieht diese Feder-Tante in jedem bisschen Fell gleich eine Katze?!
He du dort oben! Du hast ja einen Vogel!
Wenn du mich noch EINMAL ‚Katze' nennst, dann komm' ich zu dir aufs Dach und tu dir den Marsch blasen, sooooo lange bis dein Tinnitus dir ein MIAU ins Ohr schreit."

Eure leicht pikierte
Lisha

Das neue Zimmer

Letzte Nacht war nix mit pennen. Ständig hat Mamsell um sich geschlagen.

Als ich sie vorwurfsvoll angeblinzelt hab, meinte sie: „Diese saublöde Mücke nervt mich!"

Frag ich schlaftrunken: „Und wieso schlägst du sie? Friss sie doch einfach . . . Dann isch sie weg."

Mamsell hat meinen Rat nicht befolgt.

Dafür hat unsere Wohnung jetzt ein neues Zimmer bekommen. Ein suuuuper cooles Zimmer.

Da wohnen wir jetzt drin . . . während der Nacht . . .

Mamsell nennt das neue Zimmer ‚Moskitonetz'.

Eure Lisha

Putzteufelchen

Eigentlich müssten wir noch soooo viel erledigen. Einkäufe tätigen, Wohnung aufräumen, Treppenhaus putzen, Wohnzimmer saugen, abstauben . . .
Schon allein diese to-do-Liste aufzuzählen, ist äusserst anstrengend.

Ich kann meine Pfoten gar nicht so hoch legen, wie ich grad kaputt bin.

Mamsell hingegen hat schon mal einen Eimer mit Wasser gefüllt.

Sie meint, ich solle liegen bleiben, dann würd' ich wenigstens nicht ständig im Weg rum stehen.

Da ich gerne das Gegenteil von DEM tu, was gewünscht ist, nehme ich meinen Willen und meine vier Beine zusammen und spring vom Sofa, um der Mamsell meine Unterstützung darzubieten.

Ich pack den Staublumpen, schüttle MICH und den Lumpen kräftig durch . . . Und beginn durchs Zimmer zu fegen.

Mamsell will mir den Stofffetzen entreissen.

Ich schlittere gekonnt übers Parkett.

Beim Gerangel knurr ich zwischen den Zähnen durch:
„Lass mich!
Ich kann das!
Oh . . . Vase kaputt . . ."

Es grüsst euch die kleine Küchentuch-Fee
Lisha

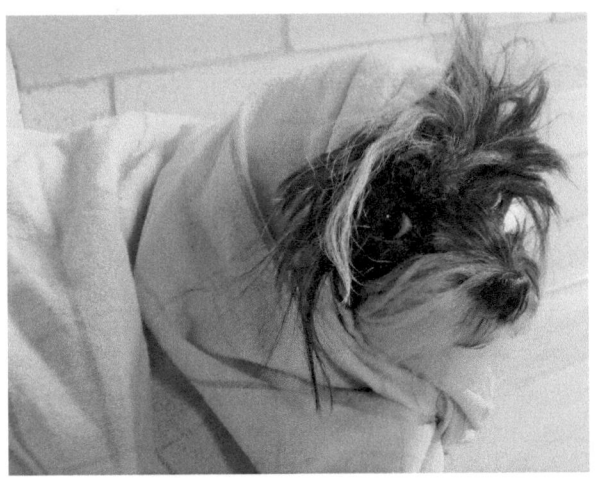

Lisha's Memo ans Volk

Prinzessin Lisha von und zu bittet ihren Hofstaat, diese schrift-
liche Buch-Pergament-Rolle unbedingtlichst zu verschenken,
damit die Untertanen täglich was zum Schmunzeln haben.
Wer dieses Buch weiter verschenkt, darf in diesem Jahr ein
Huhn, ein Schwein und einen Sack Kartoffeln behalten.

Untertanen, die in den Hofstaat aufgenommen werden möchten, sollten das Taschen-Buch „Lisha erzählt" im Buchhandel
bestellen.
Danach ist auch für sie ein Streuner . . . ehm . . . Steuererlass
möglich.

Unterverzeichnet + versiegelt von der königlichen
Prinzessin Lisha

Ich bin „moi"

Da schreibt ein Herr aus Deutschland:
„Ich dachte, du heisst ‚Lisha' - aber du schreibst hin und wieder ‚moi'. Ist das womöglich dein Kosename?"

Lisha schreibt ihm zurück:
„Lieber Herr aus Deutschland. Ich heisse nicht ‚moi' - ich BIN ‚moi'."

Der Herr antwortet:
„Aha? Heisst das, du bist gar kein ‚Bolonka', sondern ein ‚Moi'? Wusste gar nicht, dass es diese Hunde-Rasse gibt!"

Lishas Antwort:
„Nein, lieber Herr aus Deutschland . „Ich bin eine Bolonka Zwetna. ‚Moi' ist französisch."

Der Herr glaubt, begriffen zu haben:
„Ah, ich verstehe. Dann heissen die Zwetnas in Frankreich Bolonka ‚Moi'?"

Lisha völlig fertig: „guck google, LEO, YouTube - whatever . . .

MOI c'est MOI, sprich: ICH bin ICH . . .
Bitte Alter, nerv mich nich' . . ."

Eure Lisha

Weiblicher Guru

Ich beobachte, wie meine Mamsell in einem Buch liest und plötzlich die Stirn runzelt.

Ich schau auf und frage sie: „Was gibt's da zu studifizieren?"

Sie: „Ich frage mich grad: wenn ein Mann die Leute spirituell ‚anführt' nennt man diesen Mann ‚Guru'.
Wie würd man wohl eine spirituelle Lehrerin nennen, also . . . wenn das eine Frau wäre?"

„Wuff . . . gopf . . . bin ich Frau Duden????
Grübel . . . tz . . . pf . . . uff . . . sag der Tante doch einfach
Gurinette . . . oder Gurinese . . . ooooder . . . Gurunöse . . .
Frisöse, Fritöse. . . öse - öse - böse.
Glaub besser, wenn ich wieder eine Runde döse . . ."

schnarch

Eure komatöse Lisha

Pol-Sprung

Ich glaub ich muss da mal mit Petrus ein ernst gemeintes
Wörtchen reden.

Diese Wetter-Kapriolen müssen endlich aufhören.

Der hat seinen Job einfach nicht im Griff.
Der hat sicher einen Pol-Sprung in der Schüssel. - Vielleicht
sollte er mal über Pension nachdenken.
Ist auch langsam alt, der schrullige Kerl.

Zuerst lässt er das Voll-Nass-Programm laufen, die Woche
darauf wirft er alles in den Himmels-Tumbler und drückt schon
wieder die Extra-Heiss-Taste.

Wenn der so weiter macht ist der Sommer-Regen beleidigt und
wird am Ende noch sauer, soooo sauer bis den Vulkanen übel
wird - und alle zu spucken anfangen.

Dann kommen sicher wieder die ‚Dino-Sauer' zurück.

Jesses Maria und Josef.

Eure Lisha im Wetter-Wahnsinn

Die Kampfkatze

Hinter dieser Hecke . . .

Dieser verführerische unverkennbare Duft.. Ich finde eine Lücke zwischen den Blättern . . . und will das Grundstück erobern.

Es zischt und faucht, und . . . zack . . . mein Jagdmodus ist eingerastet. - Die Katze hingegen ist ausgerastet.

DAS gefällt mir. Ihre wütende Energie explodiert vor meiner Schnauze.

Leider zieht mich die Mamsell von diesem Abenteuer weg. Blöd, dass ich angeleint bin.

„Lisha, die schlitzt dich auf. Sie ist voll agro, guck nur wie sie die Ohren anlegt, die Nackenhaare stellt und dich wütend anblitzt."

ICH hingegen freu mich, weil uns die Mieze energischen Schrittes folgt.

Mamsell wird nervös. „Lisha, die macht ernst!"

„Ne nee, die will nur spielen!"

„Nein, die ist bis an die Zähne bewaffnet.
Lisha. Diese Busi ist ziemlich geladen. Lass uns gehen!"

Die Mieze verfolgt uns hartnäckig, ja sie ist inzwischen wutent-brannt . . . und hat sogar die Rocker-Jacke angezogen. Darauf steht in grossen Buchstaben: „Dog-Killer".

Seufz. . .

Mamsell ist sooooo eine Memme. Sie schleift mich weg.

Die gönnt mir und der Kampfkatze wirklich gaar nix.

Auf die nächste Gelegenheit hoffend

Eure Lisha

Popo-Problemchen

Nur dass eines klar ist.

Mamsell will euch dieses Foto unterjubeln.
Ich habe mein Einverständnis NICHT gegeben!

Es ist soooooo ein unvorteilhaftes Bild. - Seht nur meine Hüften! Viiiel zu breit.

Schuld an dieser optischen Täuschung ist mein üppiges Fell am *Fudi.
Mamsell hat nämlich diese Hüft-Po-Region mit der Bürste bearbeitet UND dann die Kamera drauf gehalten.

SIE nennt das Endergebnis ‚fluffig' - ICH hingegen find es ‚dick aufgebläht'.

Hallloooo?!? Ich bin 2400 Gramm leicht!

Das ist Vortäuschen falscher Tatsachen!

Ich werde mich jetzt zu einem Protest-Liegen versammeln.

Dann wissen's alle!

Eure gertenschlanke Lisha

*Fudi (Schweizerdeutsch) = Po

Ich tu jetzt Protest-Liegen

Meine persönliche Bus-Station

Mamsell und ich sind schon einen Kilometer gelaufen. Und ich mach jetzt eine Pause.
Eigentlich wollte ich nach meinem Morgengeschäft wieder ins Haus, um weiter zu schlafen. Aber Mamsell hatte andere Pläne.

Ich habe ihr einfach mein Einverständnis verweigert, indem ich lustlos in ihrem Windschatten spaziert bin.

Und jetzt warte ich auf die Feuerwehr.

Es hat hier keine Busstation. Drum hoff ich, dass die von der Feuerwehr mich nach Hause fahren. Hab gehört, dass die unterwegs sind. Und irgendwo müssen die das Wasser ja anzapfen. Wenn ich Glück hab, wählen sie diesen Hydranten. Dann mach ich ein Deal mit dem Feuerwehr-Kommandanten.

Ich sag ihm: „Ich geh hier nur aus dem Weg, wenn ihr mich nach dem Löschen nach Hause bringt. Sonst gibt's für euch kein Wasser."

Lisha, die Verhandlerin

Weide-Saison

Hin und wieder leid' ich unter morgendlicher Übelkeit.

Nein, nein! Keine falschen Verdächtigungen bitte! Brad hat nichts getan . . .

Diese Übelkeit scheint ein Klein-hündisches Phänomen zu sein. - Jedenfalls ist mein Magen hin und wieder sauer. Leider weiss ich nicht, was ihn verärgert hat.
Gegen die schlechte Stimmung im Magen müsste man etwas tun . . . vielleicht sollte ich ihm meine Schmunzelgeschichten vorlesen . . . Eventuell entsäuert das die magnetischen Säfte.

Mamsell hingegen hat sich schon überlegt, ob sie Katzengras kaufen soll. Weil ich nämlich an solchen Tagen mein Bisi fast ganz vergess . . . dafür aber die halbe Kuhweide abfressen tu.

Wenn DAS der Bauer eines Tages sieht, dann müssen wir sicher zukünftig Weide-Geld bezahlen.

Hmmmm . . . *überleg-grad-'nen-Plan*

So ein Bauer lässt sich sicher ablenken, wenn er mit dem Traktor vorbei fährt.

Dann tarn' ich mich als Blumentopf
Und leg mir Blüten auf den Kopf

Eure Lisha

Sommersprossen

Die Sonne brennt ja ganz schön momentänlich.

Die Zweibeiner schmieren sich darum überall, wo sie nackt sind, mit so weissem Zeugs ein. Sieht aus, wie der Bastel-Leim von Mamsell's Enkel.

In der Mittagszeit sollte man unbedingt Sonnenschutz fakturieren. - Mindestens 20 oder mehr, sagt die Mamsell. - Und . . . die Sommersprossigen brauchen den stärkeren Schutz.

Vermutlich brauchen die extra viel von diesem weissen Bastel-Leim, damit die hübschen Sprossen nicht aus dem Gesicht fallen.

Eure Sonnen-besonnte Lisha

Gewitter sind pipifax

Ja jaaaa. Ich bin durch und durch Gewitter-resistent.
Beim ersten Gedonnere guck ich einfach kurz zu Mamsell.
Da sie immer völlig relaxt ist, bedeutet das für mich ‚Entwar-
nung'.

Auch das 1. August- sowie Silvester-Geknalle ist pipifax für
moi.

Die Königsdisziplin habe ich aber vor ein paar Monaten auf
einem Spaziergang erlebt.

Da sind nämlich zwei Überschallflugzeuge über uns hinweg ge-
düst - mit zwei lauten ‚Donner-Schall-Explosions-Detonationen'
haben sie demonstriert, wer im schweizerischen Luftraum das
Sagen hat.

Mir sind grad alle Ohrenpfropfen rausgeflogen . . .

. . . aber es hat mich trotzdem NULL beeindruckt.

Ehrlich gesagt:
ich find es toootal übertrieben, dass diese Zweibeiner ihr
Revier SO lautstark markieren müssen.

Eure nervenstarke Lisha

Treffen mit Brad

Gestern war das Timing super!

Ich hab ihn endlich wieder mal angetroffen!
MEINEN Brad!

Mamsell war absolut entspannt, weil meine Hitze längst vorbei ist.
Glaubt SIE. - Aber LEUTE, HALLO? - Die Hitze in meinem Herzen brennt IMMER, immer, wenn ich ihn seh. Lichterloh.

Frauchen hätt mein Bolli-Herzblatt erst fast nicht erkannt, weil er mit modernem Kurzhaarschnitt aufgekreuzt ist. Aber MIR ist es latte, wie sein Haar aussieht. Ich würd ihn sogar mit Glatze erkennen.

Er hat vor Aufregung ständig gefiepst. Und alle 2 Meter einen Grashalm bebiselt, während ich wie eine heisse Biene um ihn herumgeschwirrt bin. - Ich war VOLL auf Tuchfühlung. Habe ihn hinten, vorne, unten, oben . . . üüüüüüberall beschnuppert.

Also Mamsel meinte nach dem Spaziergang, dass ich mich schon ein wenig extrem an ihn rangeschmissen hätte. Pfffff . . . Die ist doch nur neidisch.

Eure Lisha im 7. Himmel

Die Retour-Kutsche

Das war ja ein lautes und stürmisches Wochenende!

Blitz und Donner. Ich glaub Petrus war wütend, weil ich ihn letzte Woche in Pension schicken wollte.

Jedenfalls hat er uns eine kranke Wolke vorbei geschickt. Ich glaub, die hatte was auf der Leber. Denn sie war ganz gelb.

Am Ende hat sie uns sogar mit Eiswürfeln beworfen. So eine Eiskugel hat mir dann eine aufs Auge gehauen.

Das war not funny.

Scheinbar ist meine Geschichte mit den Dinos nicht so gut beim Petrus angekommen.

Das war jetzt sicher die Retour-Kutsche.

Auge um Auge, Zahn um Zahn.
Petrus ist im Hagel-Wahn
Regenguss mit Blitz und Donner
versaut uns kurz den heissen Sommer

Eure unbeeindruckte Lisha

Schmiere stehen

Die Feuerwehr hat letztens leider nicht bei meinem Bus-Stations-Hydranten angehalten . . .

Drum sitz ich heut bei einem Hydranten-Verwandten. - Und da ist der Schlauch bereits angedockt.

Aber weit und breit keine Menschenseele. - Keine Feuerwehr, kein Bauer, nix, nada.

Das macht mich seeeeehr stutzig. Ich find das voll verdächtig. Drum tu ich jetz Schmiere stehen.

Der Schlauch führt durch ein Weizenfeld . . . Und verschwindet im Nirwana der angrenzenden Nobel-Villen.

Da ist doch was faul . . . Am Ende pumpt man hier gar kein Wasser ab!?!?

Ich hätte da eine Verschwörungs-Theorie:

Bestimmt haben die hier eine illegale unterirdische Öl-Pipline angezapft und zwacken sich so ihr Heizöl ab.
Alles getarnt als Wasser-Hydrant.

Oh . . . Uh . . . Kann nicht mehr länger Wache schieben . . .
Leider . . . Ui ui ui ui uiiiiii . . .

Eure Lisha,die jetzt schnell IHR privates Wasser lassen muss.

Stall-Bekanntschaften

Was für eine Freude!
Als ich heute mit Mamsell im Stall angekommen bin, ist meine
alte Tiger-Freundin aufgetaucht.
Schon das allein nenn ich Glück.

Denn oft ist sie on Tour, wenn wir bei Perlito sind. Und ich
muss mich dann mit den Pferdeäpfeln unterhalten.

Aber - heut wird mein Glück verdoppelt. Denn da gesellt sich
unerwartet ein rot-weisses Katerli zu unserer Tafelrunde.

Leider hat er kein Bock drauf, sich am Fudi beschnuppern zu
lassen.
Versteh ich.
Akzeptier ich.
Find ich trotzdem doof.

Meine getigerte Busen-Freundin hat mich dann mit beleidig-
tem Blick gefragt, warum mich der rote Kater so faszinieren
würd.
Bevor ich antworten konnte, hat sie mir gedroht, das Fressen
nicht mehr mit mir zu teilen, wenn ich nicht SOFORT mit der
Fremd-Nachstellerei aufhören würd.

Phah . . . Ich bin doch nicht der Besitz dieser Tiger-Tante. Hallo!?!? - Ich mag diese ‚Geifersucht' üüüüberhaupt nicht.

Eure Po-Inspektorin Lisha

Mein Lover Brad

Wie versprochen, stelle ich euch heute MEINEN Brad vor.

Was für ein Glückstag!

Nichts ahnend schnüffle ich an einem interessanten Grashalm, da hör ich meine Mamsell sagen: „Da kommt er ja! Dein Verehrer!"

„Was? Verehrer? Wo?"

Ich dreh mich um. Und da steht er vor mir!
Mein bolonkischer Brad Pitt im sportlichen Sommeranzug!
Mein Herz macht einen Purzelbaum und die Bauch-Schmetterlinge, Brad und ich beginnen zu tanzen.
Die Begeisterung und die Glücksgefühle schwänzeln mit uns im Dreivierteltakt.

Leider hat es das Herrchen von Brad etwas eilig. Er verabschiedet sich schon bald von Mamsell. Doch mein Brad denkt nicht im Traum daran, mitzugehen.

Er findet MICH viel toller. Und folgt mir und meiner Mamsell.

Irgendwann muss sie den Brad zum Herrchen zurück bringen. Denn DER ruft zum 500. Mal ‚HIER'. Was uns zwei natürlich völlig an den Ohren vorbei gegangen ist.

Was heisst schon HIER, wenn die Liebe DORT ist.

Doch Mamsell und ich wollen keinen Ärger mit Brads Herrchen. Drum eskortieren wir meinen Schwarm bis zum generv-
ten Zweibeiner.
Brad hat mir dann kurz vor dem Abschied ins Ohr geflüstert,
dass er auf auch mich steht und dass wir jetzt zusammen
‚gehen'.

Dieses Geständnis hat mich so beflügelt, dass ich einen Meter
über dem Boden nach Hause geschwebt bin.

Eure Lisha

Lisha in love

Besuch bei den Lamas

Ich war auf Besuch bei einem zukünftigen Pullover.

Ich dachte, ich kenn schon alles, das vier Beine hat. Ist aber nicht so.

Diese Wuscheldinger kamen mir äusserst seltsam vor.

Ich war beinah' etwas aus dem „Hunde-Häuschen".

Und hab' darum allen Mut zusammengenommen und die Fremdlinge frech angebellt.

Mamsell hat mir erklärt, dass diese Alpakas ein ständig wachsendes Fell haben. Und darum geschoren werden, um daraus Wolle zu machen.

Ratter, ratte . . . mein Gehirn versucht das grad auf die Reihe zu bekommen. - *schreck-lass-nach*

MEIN Fell wächst auch ständig . . . jesses . . .

Ich will nicht zum Pullover umfunktioniert werden!
Hilfe!

Leute da draussen . . . Ihr müsst UNBEDINGT eine Pestizidion unterzeichnen, dass mir MEIN Fell nicht auch weggefräst wird!

Eure Lisha

Zweibeiniger Rudelführer

In Amerika gibt es ja zurzeit einen Rudelführer, der eigentlich gar keiner sein dürfte.

Also bei uns Hunden würde so einer gaaaar nicht zum Chef. NIEMALS. Ist ja voll eine Gefahr fürs Rudel.

Vermutlich ist er unter seinem Toupet nicht ganz dicht. Schizo oder so.

Das US-Rudel sollte ihn in der Psycho-Kopf-Klinik vorbei bringen.
Dort können sie diesen Ami-Manischen sicher ruhig stellen.
Ja jaaaaa. In so einer Klinik helfen sie nämlich allen, die einen kleinen oder grossen Tick haben.

DIESER Rudelführer ist ein Poli-Ticker.

Eure Auslandkorrespondentin

Lisha

Gedanken-Spaziergänge

Ich hocke auf Mamsell's Schoss und sinniere so ein wenig vor mich hin.

Im diesjährigen heissen Juni hab ich gemerkt, dass ich kein Wüsten-Hund hätte werden dürfen. Hitze ist nämlich so gaaaar nicht meins.

Drum hab' ich mich wohl entschieden, ein kleines Bolli-Mädchen zu werden.

Tsssss . . .

Aber keiner hat mir gesagt, dass es in der Schweiz so heiss werden kann, sonst hätt' ich vielleicht den Entschluss gefasst, ein Nackt-Hund zu werden.

Uhhhh . . . Nein . . . Doch lieber nicht.

Am Ende wär ich dann glatt von einer Familie aus Alaska adoptiert worden . . .

Jeminee . . . und . . . hätt' meine Mamsell nieeeee kennengelernt!

ICH, so allein in Alaska, OHNE Brad, OHNE Leika, OHNE meinen Brieffreund Joker, OHNE Haare und OHNE Euch, liebe Fangemeinde . . .

gaaar nicht schön . . . seufz . . . sniff

Genau!!!! Es ist gaaaar nicht schön. . . Wenn einen die Gedanken sooooo herunter ziehen.

Ja, ja . . . und genau DAS tut IHR , liebe Zweibeiner! Jeden Tag! Immer wieder schweifen eure Gedanken ab! Und kreieren so negative ‚Alaska-Bilder'!

Und dann wundert ihr Euch, dass ihr schlechte Laune habt!?

ICH . . . ich bin Hund. Ich KANN das nämlich gar nicht. So doofe Gedanken-Spaziergänge machen! Ätsch.

Nur IHR habt diese Fähigkeit.

Nutzt diese Gabe - und denkt an schöne Dinge.

Zum Beispiel an MICH . . .

Eure Lisha,
die momentan mit dem Universum und den angenehmeren Temperaturen äusserst zufrieden ist.

Überholmanöver

Ich frag mich gerade, ob ich heute etwas langsam unterwegs sein könnte.
Aber irgendwie duftet mein Spaziergang einfach besonders vielversprechend.

Möglicherweise liegt es am Wetter, so dass das Aroma der Grasbüschel auf wunderliche Weise hervorgehoben wird.
Vielleicht liegt's aber auch an meinem Biorhythmus.

Man weiss es nicht so genau.

Tatsache ist: meine Nase ist entzückt.

Ja . . . Und DANN passiert es.

Eine betrunkene Schnecke überholt mich mit einem gefährlichen Schleichmanöver. Sie kommt beinahe ins Schleudern und hinterlässt dabei eine sichtbare Schleimspur.

Wenn ich nicht so beschäftigt wär' mit meinen Düften, würd' ich glatt die Polizei an diesen Ort zitieren. Denn die Schnecke ist sturzbetrunken.

Kein Wunder . . . ist ja schliesslich eine dieser berüchtigten WEINBERG-Schnecken.

Eure Lisha, die passionierte Schnüffel-Tante

Brief aus Russland

Habe Post bekommen - Ein Brief mit einem russischen Stempel drauf. Ich bin etwas perplex und bekomm ein wenig Herzrasen.

‚Jesses!' Denk ich! ‚Jetzt hat der Russische Geheimdienst meinen FB Post von letztem Sonntag gelesen . . . Und will mir jetzt gratulieren, für meine treffsichere Diagnose über den blondgefärbten Yankee. - Aber das kann kompliziert werden.
Will ja nicht zwischen die Fronten geraten. Bin schliesslich neutral.'

Brief geöffnet . . . Ufffff . . . Was für eine Erleichterung!!!!

Das Schreiben ist von meinem russischen Gross-Onkel Vladimir. Also . . . eigentlich von seinem Anwalt . . . Der mir Onkel Vladimir's letzter Wille zukommen lässt.

Da steht:
„Lisha vom Reiat, geboren am 17.12.2015 - ist Erbin meines Hauses."

Ich beginne zu tanzen und zu johlen:
„Yesssss, yess . . . Jack-Pot!"

Und ich lese weiter: . . . „Mein luftiges Loft . . . also meine Yurte . . . kann - mit Vorweisung dieses Briefes - in der Wüste Gobi abgeholt werden."

Eure Lisha, mit überraschtem Gesichtsausdruck

Kaffee-Klatsch

Ich habe bei einem Kaffe-Klatsch zwischen mehreren Zwei-
beinerinnen mitgehört, und dabei erfahren, dass es wohl sehr
kopflastige Menschen geben soll.
Wie die anderen heissen, haben die Frauen nicht ausdiskutiert.
Ich denke, die anderen sind die Bauchlastigen. Die das Gewicht vermutlich mit dem Bauch herum tragen.

Aber das ist natürlich rein SPECK-ulativ.
Ich kenn mich da nicht so aus bei diesen Zweibeinern. Die ha-
ben nämlich soooo schwierige Denk-Muster. JEDER ein anderes
Muster. Ganz kompliziert sind manche.

Nun denn. WAS GENAU ein kopflastiger Mensch ist und was er
tut, habe ich bei dieser Kaffee-Runde nicht raus bekommen.

DANN aber am Abend . . . voll der Zufall . . . zappt sich Mamsell durch die TV-Programme und DA . . . daaaaaa sehe ich sie
endlich . . . diese kopflastigen Zweibeiner.

Die sind richtig schlau in Afrika!!!
Die tragen ALLES auf dem Kopf . . . So sind ihre Hände frei.

Das sind voll die kopflastigen Freihänder.

Richtige Kopf-Afrobaten.

Mamsell sagt, das heisse ‚Akrobat' . . . aber das kann nicht
sein. Die wohnen schliesslich in Afrika.

Diese Menschen. Haben echt keine Ahnung wie man Worte benutzt.

Eure Lisha,
die Wort-Akroba . . . ehm . . . oder . . . Afroba . . Neee passt nicht . . . wohn ja nicht auf dem Afrokontinent. . . Hmmmm . . . vielleicht Euro . . .?
Yessss . . . Ich bin die Wort-Eurobatin.

Ihr Bauch lastet auf meinem Kopf.
Ist das jetzt kopflastig oder bauchlastig?

Gärtner oder Dirigent?

Wir haben einen Nachbarn. Der ist mir ein Rätsel.
Weil . . .
Er muss ein spezielles Hobby haben. Aber ob er jetzt nebenbei
Gärtner ist, Dirigent oder beides. Das weiss ich nicht.

Auf jeden Fall besitzt er ein Rosenklavier.

Eine Nachbarin hat es meiner Mamsell erzählt.
Die hat richtig von diesem Rosenklavier geschwärmt. Ihre
Begeisterung hat mich tooootal neugierig gemacht.

Am Abend, als Mamsell und ich auf dem Sofa chillen, spreche
ich mit ihr darüber.
„Mamsell, hast du dieses Rosenklavier beim Nachbarn auch
schon mal gesehen? Oder wenigstens gehört?"

„Was? Wovon sprichst du? Rosenklavier?"

Mamsell ist so schwer von Begriff. Darum hole ich etwas aus.

„Die Frau Meier. Unsere Nachbarin. Sie hat dir heute Nachmit-
tag erzählt, dass der Herr Schmitt ein Rosenklavier hat . . ."

Mamsell - vorher noch begriffsstutzig - grinst drauflos und fällt
mir ins Wort: „Herr Schmitt HAT keines. - Er IST ein Rosenka-
valier. - DAS jedenfalls behauptet Frau Meier. Und SIE muss es
wissen. Denn Herr Schmitt macht ihr den Hof. Und schenkt ihr
täglich Blumen."

„Er macht ihr den Hof?", frage ich vorsichtig.

„Ja.", bestätigt Mamsell.

In diesem Augenblick hab' ich einen Teil des Rätsels gelöst:
Der Schmitt muss Hobby-Gärtner sein. Wenn er dieser Frau den
Hof macht.
Sinnvoller wär' es allerdings, wenn er der Frau Meier den
Garten machen würde.

Aber warum der Schmitt ein Klavier sein soll? Also DAS versteh'
ich immer noch nicht.

Eure Rätsel-Tante
Lisha

Weibliche Wesen

Meine Katzen-Freundin, Mamsell's Enkel-Kinder, mein Perlito.
Fremde Leute.
Alle stehen auf dem Pferdestall-Putzplatz rum.
Aber keiner steht dort, wo ich ihn haben will.

Es heisst ja immer, dass weibliche Wesen mutti-tasking sind.
Aber ich glaub, damit sind nur die zweibeinigen Muttis
gemeint.
Für MICH ist dieses Mutti-Dings aber gaar nichts. - Da komm
ich völlig aus dem Flow.

Mamsell ist mir auch keine Hilfe. Die passt auf den Enkel auf,
weil der dem Pferd unbedingt eine Karotte geben will. Und sie
sorgt dafür, dass nur das Gemüse und keine Hände in Perlitos
Maul verschwinden.

Das Gewusel hier ist zwar spannend für moi.
Aber die Verantwortung für sooo ein grosses Rudel möcht ich
doch nicht übernehmen müssen.
Beim heutigen Stall-Besuch mit Kind und Kegel fällt mir diese
Erkenntnis wie Schuppen von den Augen.

Ich könnt euch jetzt ein Liedchen davon singen. Aber meine
Lied-Falten sind voller Schuppen. Ich weiss plötzlich nicht
mehr, was vorne und hinten ist.

Glaubt mir: ich bin muttimässig geschafft.
Eure Lisha

Der Parkplatz

„Du, Mamsell. Warum steht da ein Schild?"

„Damit man hier parkieren kann."

„Und . . . Mamsell, was bitte bedeutet das Wort ‚parkieren'?"

„Das heisst ungefähr das Gleiche wie: ‚abstellen', ‚hinstellen', ‚deponieren'."

„Aha . . . und . . . Mamsell, sag, was steht auf dem Schild?"

„Da steht ‚Besucher'."

„Ahhhh . . . coole Sache! - Du, Mamsell . . . Dann könnten wir doch den Onkel Willibald HIER deponieren, wenn er bei uns zu Besuch ist, und wieder zu nerven beginnt!"

„Könnten wir, sollten wir aber nicht."

„Warum sollten wir nicht."

„Weil man Menschen nicht auf ein Parkfeld hinstellt."

„Och . . . Mamsell, du musst ihn ja nicht hinstellen, kannst ihn sicher auch hinlegen."

Eure Lisha

Sumawuscha

Während einer unserer Morgen-Gassi-Runde begegnen wir
wieder mal einem Rüden. Er ist angeleint . . .
Ich rümpfe die Nase und denke: ‚Nicht mein Typ . . . drum ist
mir grad egal, dass wir beide an der Leine sind.'

Als sich unsere Wege kreuzen, macht mich der weisse Wichtig-
tuer doch frech von der Seite an.
Ich werfe mein wallendes Kopfhaar in den Nacken und stolzie-
re mit erhobenem Näschen an diesem Casanova vorbei.

Mamsell fragt mich: „Sag mal?! Du wirst ja ganz verlegen! Was
hat der Westie denn zu dir gesagt?"

Ich murmle errötend: „Er sagte „Sumawuscha".

Mamsell's Augenbrauen hüpfen nach oben und sie bohrt
weiter: „Und was bitte bedeutet ‚Sumawuscha'?"

„Das heiss . . . ehm . . . ja . . . also . . . ok . . . gut . . .
ich verrat es dir.

Es heisst . . .
supermaximale Wunder-Schabe."

Casanovas Traumfrau

Lisha

Verbotenes Gemüse

Habt ihr gewusst, dass es Menschen gibt, die Gemüse rauchen?

Mamsell hat zugegeben, dass sie vor über 40 Jahren als Teenager auch davon probiert hat. Sie hat sogar von den verbotenen Gemüseplätzchen genascht. Aber die Halluxinationen fand sie dann doch nicht so witzig. Drum hat sie dieses Nascherei sein lassen. Ein ganz wildes Frauenzimmer war sie damals. Voll die Puber-Täterin.
Laute Musik hören, bis am Morgen durchtanzen. Und viele verbotene Dinge tun. Das war ihre Art, den Erwachsenen mitzuteilen, dass sie noch nicht bereit ist, eine spiessbürgerliche Normalo zu werden.

Alle . . . Also fast alle Jugendlichen haben damals das Gemüse-Zeug geraucht. Obwohl es verboten war - und noch ist.

Nur in Holland. Da kann JEDER dieses Cana-Kabis am Kiosk kaufen.

Dort sind die Behörden nämlich sehr lieb-und-real.

Eure Nichtraucherin
Lisha

Schreib-Block-Schokolade

„Heute hab ich nichts, ausser einer Schreibblock-Schokolade."
Mamsell sagt das mit ernstem Gesicht.

Ich beruhige sie: „Macht doch nix, ich nehm auch die."

Mamsell reagiert nicht auf meinen Vorschlag.

Eine halbe Stunde später interveniere ich bei ihr: „Und? Wo ist
jetzt meine Schokolade?"

Sie schaut mich mit runzliger Stirn an.
Dabei hab ich ganz freundlich gefragt.

„Gib sie schon her, die Schokolade", wiederhol ich meine Bitte
etwas konkreter.

„Hunde dürfen keine Schokolade essen. Hab' ich dir schon mal
gesagt."

„Du hast mir vorher aber eine versprochen", motze ich.

„Sicher nicht . . . hab' das Wort ‚Schokolade' nicht mal in den
Mund genommen", behauptet sie jetzt plötzlich steif und fest.

„Dooooch . . . hast du! Ich hab' ein fotografisches Gehör,
liebe Mamsell. Und du hast wortwörtlich gesagt, dass du eine
Schreibblock-Schokolade hast.

Ah DAS! Du hast dich verhört: ich sagte, ich hätt' eine Schreib-
blockade."

Tsssss . . . Die redet sich ständig raus, die Mamsell.
Erfindet neue Worte, nur dass sie mir das verbotene Zeug nicht
geben muss.

Eure frustrierte Lisha

Falken-Familie

Bei uns im Haus herrscht voll der Ausnahmezustand.

Denn die Falken-Familie hat Nachwuchs bekommen. - Ein
Riesen-Theater . . .
Die Nest-lägrigen splitterfaser-federfreien Falken schreien
ständig nach Futter . . . Und die Eltern malochen wie blöd.

Der Vaterfalke musste letztens sogar eine Nachtschicht einle-
gen, weil die Jungmannschaft bewirtet werden wollte.

Mit Schlafen ist da natürlich nix.
Mamsell und ich haben voll die freie Nacht hinter uns.
Weil die Vogel-Babies direkt neben unseren Ohren . . . Also
hinter dem Täfer . . . Ihr Kinderzimmer haben.

Und der Dreck auf unserem Fenstersims! Gaaanz schlimm. Die
kacken uns einfach vor die Hütte.

Da kannst im Haus eine A3 grosse Hausordnung aufhängen.

Nützt nix

Die Falken sind Anal-pha-Beten.

Eure übernächtigte Lisha

Deins ist meins

Letztens war meine Bolli-Freundin Leika einen ganzen Tag lang bei uns zu Besuch.

Das fand ich natürlich voll genial.

Wir haben diese paar Stunden richtig genossen. Denn wir zwei ergänzen uns nämlich in ALLEN Punkten.

Unsere Mamsell's hingegen haben bei EINEM Punkt was zu meckern und finden das echt blöd.

Ihr versteht nicht?

Dann hier die Verdolmetschung:

Um 9:30h kommt Leikas Frauchen zu uns hoch und bringt meine Freundin vorbei.

Unsere Begrüssung ist Oskar-reif.
Denn wir jagen begeistert durch die Räume und schlittern gekonnt über's Parkett.
Leika saust danach sofort zu meiner Schlaf-Decke und hebt ihr Beinchen zum Gruss.

Mamsell kreischt . . .

Dann am Abend drehen wir den Spiess um.

Wir werden von Leikas Familie zu Kaffee und Kuchen eingeladen.

Leika und ich tanzen unser Begrüssungs-Tänzchen und ich drück danach MEIN Ärschchen in den Teppichboden, um mit meinem Bisi mitzuteilen, dass Leika und ich auch DIESES Revier zusammen verwalten.

Mamsell kreischt schon wieder.

Tssssss . . . die hat wohl noch nix von hündischer Immobilien-Verwaltung gehört . . .

Eure Verwaltungsangestellte

Lisha

Pheromone

Ich habe kürzlich bei einem Gespräch gelauscht.

Ich weiss, sollte man nicht . . . aber alles, was man nicht ‚darf', macht extra Lust.

Da haben sich also ein paar Zweibeiner über ‚Katzen' unterhalten. - Und ihr wisst ja, wenn ich was von Katzen höre oder gar eine sehe . . .
Ui ui ui . . . Dann bin ich auf einer Skala von 0 bis 10 bereits auf einer 9.

Also aktiviere ich mein Trommelfell und mach voll die grossen Abhör-Ohren.

Aus diesem Gespräch erfahre ich, dass Katzen den ‚Baldrian-Duft' unwiderstehlich finden.

Hey . . . Da schlägt ein Blitzgedanke direkt in mein Grosshirn!

Ich werd in Mamsell's First-Aid-Box so ein Baldrian-Zeugs suchen, mich damit einbalsamieren und . . . zack . . . laufen mir die Katzen massenweise nach!

Ich bin dann nicht der Wolf im Schafspelz, sondern die Hündin in der Baldrian-Wolke.

Eure Katzen-Liebhaberin
Lisha

Der Collie

Bin mit Mamsell grad unterwegs. Aus der Ferne hören wir Hundegebell. Und ein Motorrad-Geräusch.

Plötzlich düst ein pubertierendes Backfisch-Mädchen mit ihrem Moped an uns vorbei. Und noch plötzlicher steht ein zauberhübscher Sheltie-Collie-Jüngling vor mir, um mich freundlich zu begrüssen. Er ist genau gleich gekleidet, wie ich. Einfach in einer anderen Konfektions-Grösse.

Wir kommen so ins Gespräch . . . und der Collie fragt mich:
„Willst du meine Konku-Biene sein?"
Vor lauter Überraschung fällt mir doch glatt der Kiefer runter und mein Ball aus der Schnauze.
Leider komm' ich nicht zum Antworten.
Denn das Mofa-Girl dreht ihren Kopf, der in einem glänzend schwarzen Mini-Container steckt. Sie klappt den transparenten Deckel hoch und ruft: „Komm, Arno, komm!"

Der verabschiedet sich nur ungern von mir.
Bin ihm ja noch eine Antwort schuldig.
Aber dann trabt er zu seinem jungen Frauchen . . .
Und zusammen sausen die beiden in eiligem Tempo weiter.

Das Mofa, das Girl mit dem Kopf-Container und der Sheltie-Schönling verschwinden genau so plötzlich, wie sie gekommen sind.

Eure Bolli meet Collie Lisha

Farbige Weisheiten

Weil ich heut nicht weiss, worüber ich schreiben soll, hat Mamsell vorgeschlagen, dass sie ein Buch für mich öffnet und ich soll mit der Pfote auf ein Wort tippen.

Gesagt, getan. Ich tippe auf das Wort ‚Farbton'.

Ich schau' Mamsell fragend an: „Farbton? Sind das Farben, die singen können?"

„Nein." Erklärt Mamsell. „Schau mal von der Terrasse nach unten. Da siehst du die grüne Wiese und dort unten liegt ein roter Ball."

Lisha: „Der Ball ist gelb . . . Die Wiese Grau."

Mamsell haut sich auf's dritte Auge und meint: „Stimmt, sorry, hab ich ganz vergessen. Hunde können ja nicht alle Farben sehen. Hmmm, wie soll ich's erklären?"

„Musst du nicht, Mamsell. Habe schon verstanden.
Es ist mit eurem Farbensinn so, wie mit unserem Geruchsinn.

Wenn DU rot siehst, seh ICH gelb. Wenn etwas für DICH stinkt, dann ist das für MICH voll der vorzügliche Duft.
Du wirst unseren wunder-leckeren Duft-Ton niemals riechen können, genau so wenig, wie ich euren wunder-prächtigen Farbton je sehen kann."

Eure weise Lisha

Gespräch mit der Venus

Heisse Tropennächte mag ich nicht besonders.

Denn da können wir nur schlafen, wenn die Fenster und Läden komplett offen sind.

So werden wir die ganze Nacht von einem mehr oder weniger lauen Lüftchen gekühlt.

Das ist fast, wie draussen schlafen.

Nur komfortabler.

Allerdings werden wir momentan schon lange bevor die Sonne auf geht vom Morgenstern - der Venus - angeleuchtet.

Fliegende Untertasse

Hey die blinzelt uns ganz frech zu und meint: „Wieso tut ihr schlafen, wenn der Himmel so schön glitzert? Wir Sterne leuchten jede Nacht für euch. Und ihr Schnarchnasen verpennt unsere phantastischen Himmelsbilder."

„Ich bin ein Hund, ich schlaf' auch am Tag.", kontere ich gekonnt. „Ich habe nämlich den schwarzen Gurt im pennen."

Doch die Venus geht nicht auf meine Kampf-Schlaf-Künste ein, sondern sie plappert weiter:
„Übrigens, wir haben hier auch einen Hund."

„Ich weiss", fall ich ihr ins Wort „Der heisst Pluto!"

Die Venus lacht mich aus: „Nöö, das ist ein Planet, kein Sternenbild.
Ich meine den ‚grossen Hund'. Sein Chef heisst Sirius.
Aber ich konnte ihn noch nicht persönlich kennen lernen. Die sind 9 Lichtjahre von unserem Sonnensystem entfernt."

‚Diese Entfernung könnte mit einem Ufo überwunden werden.'
Denk ich so vor mich hin. ‚Aber nein danke, nix für mich. Für ein Blind Date mit einem grossen Hund hock ich sicher nicht in eine Untertasse.'

Eure Lisha,
die nicht 9 Jahre durch's All fliegen mag

Was blickt mich da an?

Da spazieren wir über einen Feldweg und plötzlich taucht eine Frau auf. Und ich denke:

‚Nein! DIE schon wieder.'

Diese Frau hat nämlich ein Tonbandgerät oder ein iPhone verschluckt und die Siri vergessen auszuschalten.

Die quasselt uns immer die Hucke voll.
Und weil ich weiss, dass es länger dauern wird, hock' ich mich hin.

Und was guckt mich da plötzlich an????

Das Hühnerauge dieser redewütigen Frau.

Ich leg meinen Kopf in die Schieflage, um das Hühnerauge besser sehen zu können.
Doch DIESES hat meine Kopfdrehung völlig falsch verstanden und blinzelt mir jetzt zu.

Ich fühl mich leicht belästigt . . .

Oben labert die Frau meine Mamsell voll . . .
Und unten wird das Hühnerauge zudringlich

HORROR . . .

Wer will schon von einem Hühnerauge angeflirtet werden?

ICH nicht.

Darum verzieh' mich hinter einen Strauch . . . und tu' so, als hätt' ich dort was wichtiges entdeckt.

Alles besser, wie so ein behaartes und äusserst aufdringliches Hühnerauge.

Hoffentlich träume ich heute Nacht nicht von diesem Teil . . .

Eure Lisha

Fatamorgana

Im Moment ist es Mittags so heiss, dass es mir vor den Augen flimmert.

Mamsell sagt, dass das Thermometer . . .
Also . . . Dieser thermometrige Fiebermesser . . . der steigt und steigt. Die Hitze draussen ist bald so hoch, wie unsere Körpertemperatur. - Das mag ich gaaar nicht.

Auch Mamsell pfeifft bald aus dem letzten Loch . . .
Ihr Zustand ist sehr bedenklich . . .
Ich glaub', dass Sie eine chronische Fata Morgana hat.
Denn sie kriecht oft auf allen Vieren in unserem Hunde-Pool herum und stöhnt dabei:
„Herrlich . . . ich rette mich in meine kühlende Oase."

Oase?!
Hallo????
Mach deine Augen auf, liebe Mamsell.
Das ist ein aufgeblasener Plastikbehälter!

Nix Oase . . .

Gaaaanz schlimm . . .

hoffentlich umnebelt die mich nicht auch noch, diese Fata Morgana . . .

Eure leicht Morgana-phobische Lisha

Mein Bistro

Bei diesem Wetter kehr ich zwischendurch gerne mal ein.
In mein persönliches Bach-Bistro.

Ist jetzt nicht so nobel, wie EURE Strassencafés. Hat kein
Kellner, keine Servierdüse. Keine Bedienung . . . Nix . . . Nada.
Alles Selbstbedienung.
Aber . . . kostet dafür nix! Und ein wenig sitzen bleiben darf
man hier auch. Ohne neu bestellen zu müssen.

Aber . . . Mamsell reisst mich aus meinen Träumen . . . zurück
in die Relativität.

„Noch ist das Wasser gratis". . . meint die Mamsell etwas
nachdenklich.
„Aber wart nur, bis Nestlé Wind von deinem Bächlein bekommt. Dann fahren die hier mit Lastwagen vor und pumpen
das Wasser in ihre Tankwagen."

„Ne neee, Mamsell. Keine Angst. DAS lass ich nicht zu. Ich
bleib hier sitzen, bis dieser Nestlé kommt, dann knurr ich den
an und pack ihn am Kragen. Wirst schon sehen, dem zeig ich
voll meinen mittigen Finger, dem!

Euer Bach-Wach-Hund

Lisha

Ein Tampo drin

Immer mal wieder sehe ich diese Kinder.
Sie schreien und toben und hüpfen wie wild.

Die haben alle ein ‚Tampo drin‘.

Früher hatten die nur in der Schule ein ‚Tampo drin‘.

Heute stehen die Dinger aber fast in jedem Garten.

Gestern sehen wir wieder ein paar Kinder drin herum hopsen.
Da erklärt mir Mamsell: „Gut, dass dieses Trampolin ein Fang-
netz hat. Bei uns gab's das nicht. Da sind wir oft davonge-
spickt und hart auf dem Boden gelandet, wenn wir im falschen
Winkel gesprungen sind."

Ich denke mir: wieso brauchen die alle ein ‚Tampo drin‘?
ICH kann das aus dem Stand. Wenn ich im hohen Gras eine
Katze suche. Dann hüpf ich wie ein Gummiball, um die Über-
sicht zu behalten.

Eure hüpferprobte Lisha, ohne ‚Tampo drin‘.

Der Schwarzfahrer

Letzte Woche habe ich einen echten Schwarzfahrer kennen gelernt. Aber der musste KEIN Buss-Geld bezahlen.

Im Gegenteil: WIR mussten IHM was bezahlen.

Und es gibt sogar Zweibeiner, die fassen diesen Schwarzfahrer ständig an. Die tun das nicht, weil sie auf schmutzige Hände stehen. Sondern, weil sie dem ABER glauben.

Sie nennen den schwarzen Mann auch Kamin- oder Schornsteinfeger.

Der bringt Glück - berichten die einen - der bringt den Russ weg, meinen die anderen.
Und dann gibts noch welche, die sagen , dass er einfach nur Rechnungen bringt.

Das heisst, ER bringt sie nicht, der schreibt sie nur.

Wegen seinem Russen . . .

Ich mein den Dreck im Kamin . . . nicht der im Kreml

Lisha, Eure KGB-Anlaufstelle

Damit keine Geheimdienste uns plötzlich überwachen müssen.
MEIN KGB bedeutet:
Kaminfeger-**G**lücks-**B**efürworter

Windgeschwindigkeit

Ich mag es, wenn es um die 20 Grad ist. Ich würde sagen, das ist voll meine „Wohlfühl-Temperatur". Da erwachen nämlich all' meine Lebensgeister.
Doch der Wind hat gestern ganz nervig herum gestürmt. Schlussendlich waren ich und mein Fell komplett verwirrt.

Ich find diesen West-Wind recht aufdringlich.

Ein richtig aufgeblasener Kerl ist das.

Tut so, als würd ihm der Weg alleine gehören.

Der ist einfach zu weit gegangen. Denn er hat doch glatt all meine Lebensgeister aus meinem Fell geblasen. Die hängen jetzt sicher irgendwo in den Bäumen.

Das werde ich bei der Windschutz-Behörde melden.

Der war viel zu schnell unterwegs. Auf Feldwegen ist überhöhte Geschwindigkeit strafbar.

Dem nehmen sie jetzt sicher das *Billet weg.

Mindestens für drei Monate.

Eure Lisha

*Führerschein („Billet" kennen nur wir Schweizer)

Vier Mal im Jahr

Vier Mal im Jahr läuft meine ganz persönliche DOC-u-Soap.

‚Gute Zeiten, schlechte Zeiten'

Heute auch wieder. Leider ausserhalb des Bildschirms.

Und es sind grad die schlechten Zeiten dran.
Denn Mamsell hat mich gebadet: all inclusive.

Schampoo, Weichspüler und all dieses doofe Geschäum.

Wär schon länger fällig gewesen, sagt sie. Aber MEINETWE-
GEN hätt' sie auf heisses Wetter gewartet. Dass ich die heisse
Mittagshitze locker ertragen kann . . . So im Voll-Nass-Modus.
So hätten wir gleich zwei Fliegen mit einer Klappe geschlagen.

Aber eine Fliege bin ich im Fall nicht!
Und wo ist die zweite Fliege?
Das kann ich nicht auf mir sitzen lassen.
Das muss ich ausdiskutieren.

Später . . .

nicht jetzt . . . Brauch jetzt Sonne . . . Zum Lufttrocknen.

Danach seh ich wieder BOLLI-wood-mässig aus . . .

Eure DOC-u-einge-SOAPTE Lisha

Die Karten sagen die Wahrheit

Heute liege ich chillend auf dem Wohnzimmerboden neben dem Büchergestell. Und da sehe ich, dass ich gar nicht allein auf dem Boden liege.

Nö . . . Da liegen so farbige Karten herum.

Mamsell sagt, dass da Affirmations-Sprüche drauf sind. Hmmmm . . . Die Sprüche müssen aus dem Regal gefallen sein.

Ich schnuppere an den Karten. Und eine riecht irgendwie . . . affirmatischer . . . wie die anderen.

Ich guck etwas genauer hin und lese, was auf der Karte geschrieben steht:

‚Ich bin ein Magnet, der alles anzieht.'

What?!?! Wieso weiss die Karte das?

Die observiert mich vielleicht.

Das ist ja voll spooky.

Denn es entspricht der Wahrheit!
Meine Rastas sind ein echtes Magnet . . . Sie wirken wie ein Staubwedel . . . auch draussen bleibt alles an meinem Fell kleben.

Blätter, Äste, Kletten, Pusteblumen, Käfer . . . Alles wird in
meinen Haaren magnetisiert. . . Und konserviert.

Wenn Mamsell mich dann ausbürstet erntet sie die Zutaten für
einen gemischten Salat.

Na dann . . .

bon appetit

Eure Lisha, die für eine gesunde Verpflegung sorgt.

Mannsbilder

Ich bin mit meiner Bolli-Freundin Leika unterwegs.

Und wir treffen wieder mal den Westie-Casanova an.

Von dem Schlawiner hab ich ja schon berichtet.

Da wir wissen, wie der tickt, schenken wir ihm NULL Beachtung.

Darum ist er ein wenig eingeschnappt und will uns provozieren.

Ruft dieser Prolet uns hinten nach: „Immer diese Emanzen! Oder seit ihr zwei etwa biosexuell?"

Tssss . . . Unverschämtes Mannsbild . . .

Ich motz ihn auf Bolli-Englisch an: „You go us on the bag. Natürlich sind wir keine E-Wanzen. Sondern Bolonka-Girls - riecht doch ein Blinder.
Und wir sind auch nid BIO . . . denn wir sind geimpft.
Solong, du Stupid-Schwätzer

Eure Lisha,
die Spezial Edition

Alpha-Modus

Mag grad nicht viel quatschen.
Ich muss nämlich diesen Mittwoch-Morgen durchschlafen.

Denn gestern haben wir die 500 Facebook-Likes befeiert.
Für jeden Fan ein Tequila.
Also ICH hab nur den Wurm gefressen.

Roh.

Sozusagen einen betrunkenen Tequila-Barf-Wurm. - Ohne
Zitrone und Salz.

Das muss heute verarbeitet werden.
Ausserdem schon wieder zu heiss.
Darum: NULL BEWEGUNGSDRANG.

Immer nur liegen, schnarchen, Alpha-, Berta- und Gamma-
Schlaf . . . vom Bauch auf den Rücken und wieder zurück . . .
bin voll im Rollator-Modus.

Mamsell sieht mich kaum, denn ich bin mit dem Sofa ver-
schmolzen.

Ich kann einfach nicht aufstehen, denn meine Kissen haben
mich bereits als Rudelmitglied akzeptiert.

Lisha
in der REM-Penn-Augen-Renn-Schlafphase

Ein roter Virus

Es geht wieder ein Virus um.

Nein nein, keine Vogel-, Schweine- oder sonstige Pharma-Pseudo-Grippe. - Es ist eine altbekannte Kinderkrankheit.

Früher musste man deswegen in Quatantäne. Sogar Klassen - ja . . . ganze Schulen wurden vorübergehend geschlossen.

Heutzutage ist das nicht mehr so. Jetzt hat man diese ‚Tika' Medikamente dagegen.

Wer sich angesteckt hat, bekommt einen gaaanz roten Hals. Brutal hohes Fieber, Schluckweh und eine feuerrote Zunge.

Und alles nur von diesem Lach-Virus, das im Bakterium hockt. Da wird oft die ganze Menschen-Schar davon krank.

Man kennt diese Streptokokken-Angina auch unter dem Namen Schar-Lach.

Damit ist nicht zu Spassen. Nur das Mittel Anti-Bio-Tika rettet die Menschen von dieser Schar-LACH-Nummer.

Drum passt immer auf, wen ihr küsst.

Ist hoch ansteckend . . .

Eure Kranken-Diagnostin Lisha

Ich will doch nur spielen

Am Sonntag hatte Mamsell grosses Familientreffen. Da hab ich den 11-jährigen, unkastrierten Chihuahua MIKE wieder getroffen. Wir haben uns vor einem Jahr schon mal gesehen. Da war ich noch Welpe und wir haben toll zusammen gespielt.

Aber inzwischen bin ich ein Vollblut-Weib. So dass dem Mike grad die Kinnlade runtergefallen ist, als er mich wieder gesehen hat.

Ich wollte auch dieses Mal nur spielen.
Aber Mike wollte mich vernaschen.
Der hat nicht lange gefackelt.
So dass mich die Mamsell irgendwann vor seinen eindeutig verbotenen Angeboten retten musste.
Denn ICH schaffte es nicht, diesen älteren Herrn wieder von meinem Po runter zu bekommen.

Ich fühlte mich ja schon irgendwie geschmeichelt.
Aber irgendwann war's mir dann ‚tuuuu matsch'.

Möglicherweise hat der sich vor dem Treffen eine blaue Pille reingepfeffert.

Jedenfalls ist das echt nicht normal.
Wenn so ein Mick Jagger-Testosteron-Opa einen auf Justin Biber macht.

Eure Lisha, die von den Avancen komplett groggy ist

Warenumsatzsteuer

Meine Mamsell hat mir eine Jugendsünde gebeichtet. Die muss ich jetzt unbedingt los werden, sonst platz ich.

Als Mamsell 15 Jahre alt war, hat sie eine kaufmännische Lehre angefangen.
Und weil sie das ZEHEN-Fingersystem schon gut beherrscht hat, wurde sie in der Firma schon nach einem Monat in die Verkaufsabteilung gesetzt. Da war nämlich eine Mitarbeiterin krank geworden. Und man konnte die fleissige Lehrtochter gut gebrauchen. Zwar noch unerfahren, aber kostengünstig.

Flink tippte Mamsell die Offerten, so dass der Chef voller Freude war. Kontrolliert wurde sie nur grad die ersten Tage. Danach liess man ihr freie Hand.

Nur dumm, dass die Mamsell noch ein halbes Kind war und rein gaaaar nichts von der Geschäftswelt wusste.

Aber sie war blitzschnell mit der Schreibmaschine UND entscheidungsfreudig.

Schon bald wunderte sie sich, dass über der rechten Preis-Spalte in den Offerten immer die Mitteiling: ‚Inkl. WUST' zu tippen war.

Inkl. WUST war der Vorgänger von der Mehrwertsteuer und hiess damals: inklusive Warenumsatzsteuer. Kurzum WUST.

Blöd nur, dass Klein-Mamsell diesen Begriff (noch) nicht kannte.
Darum entschied sie kurzerhand, dieser Abkürzung einen Sinn zu verleihen.
Fortan tippte sie DAS, was sie auch verstehen konnte. Nämlich: inkl. WURST.

Mindestens 200 dieser appetitlichen Offerten sind in Umlauf gekommen.
Gemerkt hat es ihr Chef erst 2 Jahre später, als ihm eine alte Offerte zufällig in die Hände kam.

Aber es ist NIE rausgekommen, welche doofe Tante diesen Faux-Pas auf die Dokumente geschrieben hatte.

Eure Lisha,
die mit ihrer Mamsell voll sympathisiert

P.S. Mamsell hat mir erlaubt, euch von dieser Peinlichkeit zu berichten, denn sie sagt, das sei sowieso verjährt. Und die Firma ist längst Bankrott gegangen.
Vermutlich zuviel Würste anstatt Rolltreppen verkauft.

Phantasie-Blasen

Da gehen wir an einem riesigen Grundstück vorbei wo grad eine Gartenparty läuft.

Normalerweise bin ich immer angespannt, wenn wir da entlang laufen. Weil ein sehr grosser und sehr bedrohlich wirkender Dobermann das Grundstück bewacht.
Aber heute kann ich sein tiefes Warngebell nicht hören.

Wo ist er nur?

Weil ich ein Hündli mit grosser Einbildungskraft bin, glaub ich den Grund seines Fernbleibens zu kennen.
Denn . . .
Im Party-geschmückten Garten pumpen die Menschen viele bunte Ballons mit Helium auf.

Ich bin überzeugt, dass der Dobermann an dem Zeugs geschnüffelt hat und jetzt temporär zur Doberfrau mutiert ist.

‚Bestimmt versteckt und schämt er sich, wegen der hohen Stimme.'
Denk ich in meinem utopischen Tag-Traum.
Doch kaum hab ich den Dobermann in meiner Phantasie zum Donald-Duck werden lassen, kommt er wie aus dem Nichts um die Ecke in die Realität gedonnert.

Doof.

Meine Phantasie-Blase ist geplatzt.
Das Helium ist verflogen.

Seine Stimme knurrt jedenfalls im tiefsten Bass.
Und der Hauch seines wütenden Gebells bläst mein Fell in alle
Wind-Richtungen.

Innerlich hisse ich die weisse Fahne.

Der Dobermann versteht mein Friedensangebot und düst ans
andere Ende des Grundstücks, wo soeben ein Rudel Pudel
aufgetaucht ist.

Ufff . . . Glück gehabt . . . Nix passiert . . . Ich bin aus dem
Schneider.

Eure etwas zittrige Lisha

Vernetzt

Ich hör die Mamsell laut vor sich hin murmeln: „oh je . . .
Unsere Wohnung ist ja komplett vernetzt."

Ich erkläre ihr, dass das heutzutage normal ist, weil wir WLAN
haben.

Sie schüttelt ihren Kopf. „Lisha, ich mein nicht das WLAN."

Hmmmm . . . Was meint sie denn? Frage ich mich.
Wurden wir vielleicht verkabelt und werden jetzt vom russi-
schen Geheimdienst abgehört? Ihr erinnert euch sicher an die
Kaminfeger-KGB Geschichte.

Hätt ich doch nur meinen Mund gehalten!

Doch als Mamsell die Fenster-Läden geöffnet und unsere
Sommer-Wohnungsverdunkelung aufgehoben hat, da
erkennen wir in allen möglichen eckigen und runden Ecken
mehrere Gefangenen-Lager:

Spinnen-Netze mit Inhalt.

Jetzt verstehe ich, warum wir seit Wochen keine Fliegen mehr
haben, die uns nervig um die Ohren fliegen!

Sieht zwar nicht so schön aus . . . Ist aber richtig genial, dass
uns die Hausspinnen die Fliegen vom Hals halten.

Mamsell hat sich kurzerhand entschlossen, die Netze noch
nicht zu entfernen. Weil der Sommer mit den vielen Insekten
noch am Laufen ist. Und wir die Gratis-Dienste der Spinnen
noch in Anspruch nehmen möchten.

Die Läden sind wieder geschlossen - die Räume verdunkelt.
Die Hitze bleibt draussen und WIR bleiben weiterhin vernetzt.

Eure Lisha,
aus der kühlen und fliegen-freien Wohnung

Wenn die Spinnen
Netze machen,
hat die Fliege nichts
zu lachen.

Das Plapper-Ei

Viele Lebewesen sind nackt, wenn sie auf die Welt kommen.
Nicht nur die zweibeinigen Wesen.

So auch das Plapper-Ei.

Anfangs hat der Embryo in einem Ei gelebt. Und hat so vor
sich hin geplappert. - Ich vermute, deswegen nennt man das
Ding Plapper-Ei. Und wenn er aus dem Ei schlüpft, sieht er
schrecklich aus. Ein Nackt-Vogel mit Augen-Ringen und einem
fürchterlichen Teint.

Da würd weder ein Make-up-Artist noch ein Maskenbildner
helfen können. - Sieht gaaaaanz krank aus, der Vogel.

Aaaaaber welch ein Wunder. Wenn ihn seine Eltern gut ver-
sorgen, dann wächst ein wunderbuntes Farb-Gefieder aus der
bleichen Wachshaut.
Und es spriessen grüne, gelbe, blaue und auch rote Federchen,
die den Redekünstler irgendwann in ein schrilles aber schönes
Vogelvieh verwandeln.

Der Plapper-Ei kommt ursprünglich aus dem Amazonas und
man nennt ihn manchmal auch ‚Ara'.

Habt ihr auch schon mal so einen Schwatz-Vogel gesehen? Ich
leider nicht. Hab nur davon gelesen.

Eure Quiz-Masterin Lisha

Wunschkonzert

Leute! In der Nacht vom 12. auf den 13. August solltet ihr
UNBEDINGT zum Himmel hoch gucken. Dann spielt dort ein
Wunschkonzert. Denn es wird ein Stern-Schuppen-Schauer
voraus gesagt.

KEINER weiss, WER für diese Schuppen verantwortlich ist.

Vom Mond können sie nicht sein, denn DER ist ein kahlköpfi-
ger Geselle.
Ich tippe eher auf unseren alten vergesslichen Petrus. Dass er
das Wetter längst nicht mehr im Griff hat, wissen wir ja bereits
Aber wir alle wissen auch, dass er langes wallendes weisses
Haar hat. Und da er inzwischen etwas zerstreut ist, könnt es
sein, dass er das Haarewaschen auch vergessen hat.

Jedenfalls, wenn eine dieser Stern-Schuppen durch's Wurmloch
in unser Himmelszelt fällt, dann leuchtet die Schuppe . . . Und
du darfst dir was wünschen.
Ob der Wunsch sich erfüllt, weiss man nicht, da die Wunsch-
konzert-Behörde keine Daten raus gibt.
Denn es besteht die sogenannte Schuppen-Schweigepflicht . . .
Die Wünscher und Erfüller dürfen nicht drüber reden.

So steht es in:
Paragraf 51 - Absatz 3 der Sternen-Konzert-Galaxie-Schuppen-
Verordnung.

Eure Stern-Schuppen-Intendantin Lisha

Gesichtskontrolle

Meiner Mamsell fehlt wieder mal das Brot fürs Frühstück.

Wenn sie sich am Morgen kein Schnittchen streichen kann, wird sie etwas unpässlich.

Irgendwie braucht die das. - Gewohnheit und so. - Also werde ich angeschirrt und es geht raus zum Tante Emma Laden.

Dort darf ich nicht rein. Aber dafür bin ich dann die temporäre ‚Türsteherin' vom Dorfladen. - Und ich nehm meinen Job ernst.

Ohne Gesichts-, Schuh- und Fuss-Schweiss-Kontrolle kommt da keiner rein. Da bin ich ganz penibel.
Ich benehme mich aber vornehm. Nicht so rüpelhaft wie die Rausschmeisser in der Disco.

Nein. Eher wie ein stilvoller Portier in einem Nobelhotel.

Wenn ein Gast nicht ins Konzept passt, wird er höflich und gaaanz diskret angeknurrt.

Eure Portionöse . . . Portierine . . . Portieresse . . . Pfff . . . Wie heisst die nur?
Tssss . . . Kann sie im Duden nicht finden.
Die weibliche Form vom Portier ist wohl grad mit dem Bücherwurm durchgebrannt.
Darum bin ich halt Euer Schnüffel-Portier-Hündli
Lisha

Leibesvisitation

Ich fühle mich fantastisch.

Endlich kann ich wieder mal meine Stall-Katzen-Freundin
ausgiebig beschnuppern.

Wir machen da vorbildliches Teamwork.
ICH überlasse ihr mein Futter und im Gegenzug darf ich ihre
körperlichen Funktionen untersuchen.

SIE ist mein Vorkoster und ICH ihre Leibärztin, die prüft, ob
mein Futter, das sie grad frisst, keine Krämpfe auslöst.

Und ich kann erfreut Entwarnung geben. Meine Freundin ist
wohlauf und gesund.
Ausser dass sie leicht hündische Verhaltensweisen anzuneh-
men scheint.
Sie beginnt zu wedeln.

Vermutlich liegt's am Hundefutter.

Eure Lisha,
die Katzen-Checkerin

Herr und Frau Vogel

In und um unser Haus wohnen die verschiedensten Vogelarten.

Ich hab ja schon davon berichtet.

Im Frühling sind die männlichen Vögel immer besonders laut, weil sie sonst von ihren Weibchen nicht gefunden werden.

Ja logisch. Da müssen schon die richtigen zusammen finden.

Stellt euch vor, wenn da eine Gurgeltaube plötzlich auf einen Raben trifft und mit dem Gurgelt. Das gäbe dann Ratauben.

Oder ein Amsel-Männchen würd zu wenig klar in amslisch singen. Da käm eventuell eine schwerhörige Specht-Dame auf die blöde Idee, es könnte sich um einen Spechter handeln, dabei ist's der Amsler.

Das gäb' voll ein Durcheinander und die Jungen müssten dann zweisprachig aufwachsen.

Eure Lisha,
die dafür plädiert, dass die Vögel im Frühjahr weiterhin deutlich singen

Ein neuer Job

Ich habe erfahren, dass gewisse Berufsgruppen richtig viel
Kohle verdienen. Darum möchte ich mich jetzt auch bei so
einer Bank bewerben. - Denn man sagt, dass die auf der Bank
ihren Monats-Futternapf äusserst grosszügig gefüllt bekommen.

Nun steh ich also auf der Bank. Weit und breit ist niemand, der
mir den Vertrag für den Job unterzeichnen könnte.

Wo sind die denn alle? Versteh ich jetzt gar nicht.
Vermutlich machen die heut alle ‚blau', weil die Räumlichkei-
ten hier so nass sind.

Oh! - *schluck* Ganz vergessen. Es ist ja Sonntag . . . Tja ...
dann komm ich morgen wieder. - Und meld mich dann gleich
beim Bank-Direktor.

Eure geduldig wartende Lisha

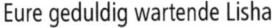

Hallo Herr Direktor

Herbst-Gefahren

Eines kann ich euch versichern, liebe Fangemeinde.
Mein Leben ist unglaublich gefährlich.

Gestern zum Beispiel. Da schnuppere ich mich einen Weg
entlang und plötzlich . . . PENG!
Knallt eine Kastaniette direkt neben mir ins Laub.

So eine Frechheit. Die kann doch aufpassen, wohin sie springt!
Diese hässliche haarlose Glanz-Polierte.

Mamsell hingegen findet die Kastanietten wunderschön.
Besonders die glatte Oberfläche hat es ihr angetan. Sie benutzt
die braun glänzenden Dinger als Handschmeichler. Voll die
Geschmacksverstauchung hat sie. Es seien edle Kastanietten,
sagt sie.
Tsssss . . .
Die soll MICH streicheln, nicht diese doofe Nuss.

Aber auch Kastanietten bleiben nicht ewig glatt. Auch DIE werden irgendwann schrumpelig - genau wie die Mamsell verliert
die mit der Zeit Wasser - und trocknet dann so vor sich hin.

Am Ende sehen sie alle alt aus!

Nur WIR Hunde nicht.
Die langen Haare tarnen und täuschen - JEDEN

Lisha, Eure Herbst-Zeitlose

Tier-Futter-Laden

Ich darf wieder mal mit in einen Laden, wo es umwerfend
duftet.
Mamsell kauft da immer die Leckerlis für Perlito und die
Rinderhaut-Stengel für mich.

Es hat haufenweise Tier-Futter in den Regalen dort.
Die Körner für die Vögel und für die Nager interessieren mich
nicht besonders.
Aber die Plastiksäckchen mit getrocknetem Fleisch vergrössern
meine zarten Nasenlöcher in null-komma-nix.
Ich steh auf das Aroma dieses Ladens.

Da schlendern wir also durch dieses Tier-Bedarfs-Geschäft und
was sehe ich da?

Hasen MIT und OHNE Ohren.

Ich frage Mamsell, warum den einen die Ohren abgefallen
sind.
Sie erklärt mir, dass das keine Hasen, sondern Vermehr-
Schweinchen seien. Und dass man bei denen ganz gewaltig
aufpassen müsse.
Da dürfen Männchen und Weibchen nicht zusammen im
Stall wohnen, sonst gibt es innert kürzester Zeit noch MEHR
Schweinchen.

Das versteh ich. Gibt Sinn. Drum heissen die auch so.
Eure Lisha

Das Geheimnis ist gelüftet

Mein schamanisches Krafttier ist ein Morgenmuffel. Drum bin ich heute, wie so oft, nicht in die Gänge gekommen.

Aber Mamsell hat mich beschwatzt und mir ins Ohr gezwitschert, dass wenn ich meinen Lover Brad wieder mal sehen wollen würde, dann müsste ich auch raus! Hier auf dem Sofa könne ich ihm definitiv nicht begegnen.

Wo sie recht hat, hat sie recht.

Darum entscheide ich mich, dieser verlockenden Möglichkeit und meiner Mamsell zu folgen.

Und als hätte sie's gewusst!

Wir treffen endlich wieder mal auf Brad. Das waren also keine leeren Versprechungen, die Mamsell meinem linken Ohr erzählt hat.
Anfangs witterte ich noch einen fiesen Trick dahinter. Aber diesmal ist es nichts als die Wahrheit.

Kaum 5 Minuten draussen, da sind wir meinem Schwarm MIT Frauchen begegnet. Sonst ist ja immer der Opa mit ihm unterwegs.

Ich bin hin und weg.
Sein Fell ist wieder länger und fluffiger.
Da steh ich tooootal drauf.

Mamsell hat die Gelegenheit genutzt und hat sein Frauchen interviewt.

Und JETZT ist es raus!

Mein Brad heisst in Wirklichkeit ‚Mondo'.

Passt!

Der Name könnt nicht besser sein. Denn Brad bedeutet für mich die Welt.
Und ich erliege jedes Mal seiner ERD-Anziehungskraft.

Was auch eine super Info ist; er ist NUR ein halbes Jahr älter, wie ich.
Was für Aussichten! Das heisst, dass wir uns noch viele viele Jahre beschnüffeln können.

Für solche Nachrichten hat es sich gelohnt, das Sofa zu verlassen.

Eure Lisha, die Sofa-Surferin

Geruchs-Belästigung

Meine zarte Nase ist am Zucken.
Soooooo ein eckliger Geruch, der hier in den Räumen hängt!

Was tut die da?????

Zuerst hat Mamsell ihre Füsse in ein Becken gestellt. So eines,
wie sie für meine Unterbodenwäsche immer nimmt.
Freiwillig steht die in diesem schamponierten Wasser und
badet ihre zwei Füsse.

Nachdem sie diese abgetrocknet hat, beginnt die Belästigung.

Mamsell schraubt so ein kleines Glas-Döschen auf . . . und
malt stinkiges Zeugs auf ihre Fussspitzen.
Vorne drauf.
Sieht toooootal doof aus.

„Warum malst du dich an?"

Mamsell grinst mich an und erzählt was von schöne Füsse und
Ist-fetisch.

Ich frag sie: „Ist-fetisch? Bist du etwa eine Fuss-Fetischistin?"

„Lisha. Ich sagte ‚ästhetisch'.
Das ist ein anderes Wort für ‚schön'."

Ich find das aber gar nicht schön. Also schon schön . . . näm-

lich eine schöne Geruchsbelästigung ist das.
Diese olfaktorische Belästigung macht mich richtig schizo-
phren. Denn sie spaltet meine Wahrnehmung, reizt meine
Schleimhäute, und narkotisiert die Rezeptoren meines fünften
Hirn-Nervs.

Recht komische Dinge machen diese fell- und federlosen Zweibeiner mit ihren Füssen.

Eure völlig Nagellack-berauschte
Lisha

Im Herbst fallen die Äpfel

Ich hab heute wieder mal eine phänomenale Erkenntnis gehabt. Eine fruchtige Erleuchtung!

Diese Eingebung ist mir im Stall plötzlich in meinen Geist geblitzt.

Da unterhalte ich mich mit meiner Stallkatzen-Freundin. Und weil sie mich immer unglaublich inspiriert, ist der Groschen in DEM Augenblick gefallen, als Perlito ein paar Pferdeäpfel hat fallen lassen.
Mit grossem Gedonner sind diese auf dem Putzplatzboden gelandet.

Und genau DA ist mir die Erkenntnis gekommen.

Denn genau 5 Minuten zuvor hat Mamsell dem Perlito einen Apfel vorne in den Mund geschoben.
Und JETZT fällt derselbige frisch verdaut wieder hinten aus dem Pferd.

Perlito ist wie eine lebendige Apfel-Kompostier-Anlage.

Kein Wunder nennt man diese Dinger ‚Pferdeäpfel'.

Eure Lisha,
die einfach ALLES checkt

Unbedingt an alle Hunde weiterleiten

Diese Info hier ist WICHTIG.

Bitte an ALLE lang- und kurzhaarigen Hunde weiterleiten!

Die Gefahr lauert im Hunde-Shampoo!!
Hab' heute so eine Flasche in aller Ausführlichkeit beschnuppert, untersucht und auch das Kleingedruckte ‚anal-visioniert'.
Auf der Flasche steht geschrieben:
„Für viel Volumen und mehr Fülle"

Meine Warnung geht an EUCH, liebe Mit-Hündinnen und Mit-Rüden!

Das Ganze führt im Endeffekt zum Leckerli-Stopp.

Darum . . .

Lasst euch auf keinen Fall mit solchem Volumen-Schampoo bearbeiten!!!! Das Zeug macht DICK.

Sagt euren Herrchen und Frauchen, sie sollen Geschirrspülmittel nehmen. DORT steht nämlich: „Entfernt auch hartnäckiges Fett."

DANN gibt's wieder Leckerli à Discretion.

Eure Lisha